あやかし兄弟と桜の事件簿

妃川　螢

富士見L文庫

contents

illust/loundraw

プロローグ

花散らしの雨が降りつづく、寒い春の宵だった。

明け方から降りはじめた雨は一日降りつづき、あと数日で満開だったろう、桜を散らしてしまう。

住宅街へとつづく道の入り口あたりに立つ交番の敷地内には、桜の大木があって、毎年住人や道行く人の目を楽しませているらしいが、交番勤務の警察官にとっては、落ちた花びらの掃除という余分な仕事が加わることになる。

だがそれも、住人たちとの会話のきっかけになるとして、代々この交番に配属される新任巡査たちの修業の一環になっているのだと、夜勤担当の巡査が教えてくれた。

暗いアスファルトに薄桃色の花びらが落ち、それはそれで風流だが、やはり満開の桜を拝みたかったと思ってしまう。

「花見してる暇はなさそうだけどな」

やまない雨を恨めし気に見やり、ひとりごちる。

それでも、手元で捲《めく》る住民カードに走らせる視線は休めない。

「桜川《さくらがわ》刑事！　自分、巡回の時間なので、行ってきてもいいでしょうか？」

電話番をしていた巡査が、声をかけてくる。

「ああ、構いませんよ。僕はこれ、見させてもらってます」

住民カードを綴《と》じた束を指先でとんとんとやって応《こた》えた。

「大変ですねぇ……住民ひとりひとりの確認なんて」

詳細が語られずとも、捜査一課の刑事が住民カードを見せてくれとやってくれば、殺人事件がらみだとすぐにわかる。

「これも捜査の一環なんで。捜査一課といっても、僕みたいな下っ端はこんな仕事ばかりですよ」

捜査一課に配属されて間もない新人に与えられるのは、捜査の大筋からは外れた確認作業ばかりだ。けれど、誰かがやらなければならない仕事でもある。

「ポットとか、奥にありますから、好きに使ってくださいね」

「ありがとう」

では行ってきます！　と、制服の上にカッパを着て、桜川より若い巡査は自転車にまたがった。雨の日でも……いや、だからこそ、巡回は休めない。

夫婦喧嘩《げんか》の仲裁に出かけた、もうひとりの巡査が戻ってくるのが早いか自分がこれをチェックし終わるのが早いか……前者だな、とひとつ息をつく。

「休憩にするか」

デスクの傍らには、来るときに立ち寄ったコンビニで買ったレジ袋。交番の巡査たちへの差し入れと、自分の夕食だ。今日は昼過ぎにカツ丼を掻《か》き込んだだけで、そのあと何も胃に入れていない。捜査一課に異動になってから、ずっとこんな調子だ。

ポットの湯を急須《きゅうす》に注いで、ありがたく温かいお茶をいただく。湯呑《ゆのみ》から上がる湯気がホッと肩の力を抜いてくれる。

しん……と静まり返った住宅街。

降りやまぬ雨と風と、そして舞い散る桜。薄暗い植え込みの陰から何が出てきてもおかしくはない雰囲気だ。

「しかし、冷えるなぁ……」

湯気の上がる湯呑で暖を取りながら外を見やる。

花冷えとはよくぞ言ったものだ。花見の季節は、陽が落ちると途端に気温が下がる。

薄暗い通りにあっては、交番の明かりは救いだ。近所に大きな公園があるのもあって、とくにここらは家の明かりが少ない。

晴れたら散った花びらの掃除が大変そうだなぁ……と、暗いアスファルトに視線を落としたときだった。

「……え？」

つい今さっきまでなかったものがそこにあった。……いや、いた。

小さな影がふたつ。

雨に打たれてずぶ濡《ぬ》れになっていたのは……。

「……仔猫《こねこ》と……仔狐っ!?」

生後ひと月からひと月半くらいだろうか、真っ黒な毛並みの仔猫と、同じくらいのサイズの銀毛の仔狐。

マジか!?　と、目を瞠《みは》った。向こうも人間に見つかって驚いたのか、目を丸めて桜川を凝視している。

「……」

「……」

人間と小さな獣。見つめ合うことしばし、桜川は手にしていた湯呑をデスクに置いて、脅かさないように注意しながら交番の引き戸を開けた。そして軒下にしゃがみ込む。

「びしょ濡れじゃないか、おまえたち」

おいで……と手を伸ばしてみた。二匹が顔を見合わせる。

よく見ると首輪をしている。どこかの家のペットが迷子になっているのかもしれない。

こんなに小さな軀《からだ》でいつまでも濡れていたら、風邪をひいてしまうだろう。

「腹減ってないか？　おにぎりあるぞ？」

こいこい……と手を差し伸べる。交番に猫じゃらしなどあるわけもなく、仔狐のあやし方など知る由もない。

すると二匹は、やはり人間に慣れているのか、警戒する様子を見せながらも、桜川の足元にとととっと駆け寄ってきた。

指先に鼻先を寄せて、くんくんと匂いを嗅《か》ぐ。左手に仔猫、右手に仔狐。

「いい子だ」

二匹の首根っこをそれぞれ摘んで捕獲成功。

「みゃっ！」

仔猫が驚いた声を上げる。仔狐は金色の目を見開いた。捕まったのが信じられないという顔だ。

「いい子にしてろよ。飼い主さん、探してやるからな」

二匹を顔の高さに掲げて顔を覗《のぞ》き込む。ぷらんっと四肢を投げ出して尻尾《しっぽ》を丸める小さな獣の愛らしさといったらない。

まずは拭《ふ》いてやらないとな……と、二匹を腕に抱きなおしたとき、桜川の目がある一点で止まった。ありえないものを見たためだ。

「尻尾が……」

多い？

普通、仔猫の尻尾は一本、仔狐の尻尾も一本のはず……。

「ウソだろ……」

自分のものではない驚嘆は、いったいどこから聞こえたものなのか。

「……え？　今の……」

咄嗟《とっさ》に腕から逃げようとした二匹を、桜川は抜群の反射神経で今一度首根っこを掴《つか》んでとめる。二匹はまたも驚愕《きょうがく》に目を見開いた。

「おまえたち……」

桜散る夜は、何が出てもおかしくはない。

とくに今宵《こよい》のように、薄暗く冷たい花散らしの雨の降りつづく夜は……。

尻尾が二股《ふたまた》に割れた仔猫だろうと、尻尾が九本ついた仔狐だろうと、いても不思議はないのかもしれない。

「ま、いっか」

桜川の呑気《のんき》極まりない反応に、仔猫が愛らしく小首を傾げる。

仔狐はふさふさの尾を揺らして、じっと桜川を見ている。

「まずはあったまろうな」

洗面所から拝借した新しいタオルで二匹をくるんで膝《ひざ》へ。二匹はじっと桜川を見上げながら、大人しく濡れそぼった軀を拭かれた。

「腹減ってないか？」

コンビニで調達してきたレジ袋のなかから鮭のおにぎりを取り出す。

パッケージを破いてふたつに割り、掌《てのひら》に載せて差し出す。二匹はじーっと桜川を見上げている。

「いやなのか？　俺の夕飯なんだぞ」

がまんして食え、と言うと、二匹は顔を見合わせて、そしておにぎりにかぶりついた。

小さな口で自分の顔ほどもあるおにぎりを無心にほおばる。

そっと背を撫《な》でてやる。

二匹は嫌がるかと思ったが、おとなしく撫でさせてくれる。

仔猫の二股に割れた尾が、桜川の指にするりと巻きつく。仔狐の九本の尾は、桜川の手をわさわさと擽《くすぐ》った。

雨に散る桜が見せた奇跡だと思った。

小さな猫又と小さな九尾の狐は、満腹になると、桜川の膝で眠ってしまった。

仔猫の首輪のタグには「Lin」、仔狐の首輪のタグには「Rei」とあった。

花散る夜の出会い。

三年前の出来事――――。

あやかし兄弟と
桜の夜

1

壁際に並んだケージの中で、動物たちが何かの気配を感じて一斉に騒いだ。
不穏な気配は外からだ。開いたままの通用口の向こう、建物の裏手にあたる駐車場から
その気配は漂ってくる。
人と人が争う気配だ。
ひそめた声のやりとりは、それでも剣呑《けんのん》さを感じさせる。
やゃして、鈍い音が闇に響いた。
「う……あっ」
鈍い悲鳴につづいて、ドサ……ッと何か重いものが地面に倒れる音。
白線の引かれた駐車場のアスファルトに、暗闇にもそれとわかる染みが広がっていく。
倒れた男の身体の下から、赤い液体は染みだしていた。それが見る見る広がっていくの
を見て、傍らに立ち尽くしていた男がよろよろと逃げ出す。

「う……ぁ、あ……」

怯《おび》えきった声。

それが、建物内に並んだケージのなか、動物たちをより落ち着かなくさせる。

一度は車に駆け寄った男は、通用口のドアが開いたままであることに気づいて、慌てて施錠した。そして、車に駆け戻る。

闇夜の静寂に紛れて、車は静かに走り出し、住宅街の細い道路を抜けて、ややあって幹線道路の流れに紛れた。

一連の出来事を、目撃していた者はなかった。

月すら暗い雲に隠れて、人の犯した罪になど、注意を払ってはいなかった。

ただ動物たちだけが、いつもの夜と違う気配を感じ取っていた。

車が走り去った駐車場の片隅に立てられた看板には、《小関《おぜき》アニマルクリニック》と書かれている。

所轄署に設置された帳場——捜査本部には、「動物看護師殺人事件捜査本部」と戒名が張り出されている。

捜査本部につけられる名前のことを、警察用語で戒名というのだ。

「では、明日からまた、よろしく頼む！」

指揮を執る管理官の激励の言葉で、この夜の捜査会議は締めくくられた。

――八時半か……。

この時間に捜査会議が終わるのは珍しい。深夜近い時間に召集されるのもざらで、捜査にあたる刑事たちは、多くが捜査本部の置かれた所轄署に泊まり込んでいる。道場に布団を敷いて、雑魚寝《ざこね》するのだ。

事件が発覚したのが三日前の昼過ぎ。本庁捜査一課が指揮を執ることになって、桜川《さくらがわ》の所属する班が臨場した。

動物病院の駐車場で、そこで働く動物看護師――最近はアニマルヘルステクニシャン、略してＡＨＴと呼ぶらしい――が殺されたのだ。

事件が発覚した日、病院は休診日。それでも動物たちの世話をしに来た同僚のＡＨＴが第一発見者となった。交友関係、近隣住民、職場関係者などへの聞き込みは順調に行われているものの、今のところ犯人の目星はついていない。

「桜《さくら》！　飯食いに行くか？」

店屋物や弁当ではなく外に食べに行こうと言う先輩刑事数人の誘いを、「自分、着替えを取りに行ってきます」と断って、桜川は捜査本部の置かれた所轄署を出た。

「ここからだと、意外と近いんだよなぁ」

官給品の携帯電話ではなく、私物のスマートフォンを取り出して、地図アプリを立ち上げる。

検索すると、徒歩で三十分と出た。ちょうど中間あたりに、深夜まで営業しているスーパーマーケットがある。

メッセージアプリに登録してあるグループ宛《あて》に手早く連絡を入れると、すぐに返信が来て、見ると可愛いスタンプが「ＯＫ！」と告げていた。もう一通くるはずのレスはない。いつものことだからと気にせずアプリを閉じ、大股《おおまた》に歩道を歩き出す。

長身の桜川のストライドは大きいから、表示の三十分より早くつくはずだ。この距離なら走ってもいいのだけれど、スーツと革靴で走るのは、犯人を追いかけるときだけにしたい。

スーパーマーケットに立ち寄ってめぼしい食材を買い込み、最後に店内に併設されたパティスリーでケーキを三つ買う。

両手に重い荷物を提げて歩いていたら、通り沿いにあるファミレスから、痩身《そうしん》が駆け出てきた。

「桜ちゃん！」

学生服の少年が通りを渡って駆けてくる。そして、桜川の腕に飛びついた。

「琳《りん》!?」

なんでこんなところにいるんだ？　と艶《つや》やかな黒髪に大きな猫目が印象的な美少年を見やる。

「部活の助《すけ》っ人《と》してやった礼におごらせてたんだ。桜ちゃんの匂いが近づいてくるのがわかったから待ってた」

近くで仕事してたのか？　と、好奇心いっぱいに顔を覗き込んでくる。

「まぁな」

事件の詳細を語るのは後だ。

「なんだ、じゃあおまえ腹膨れてるのか？」

何部の助っ人に入っていたのかは知らないが、相当たかったのではないかと呆《あき》れた視線を落とす。大きな猫目が、悪戯《いたずら》な色を宿した。

「食う！」

まだ入る！　と、今度はレジ袋の中身を物色しはじめる。こいつらの胃袋は底なしだ。

「どうせパフェとか甘いものばかり奢《おご》ってもらってたんだろ？　ちゃんとご飯を食べないと――」

「昼は弁当差し入れてもらってるからいいの！」

昼には学校の女の子たちが手作りの弁当を差し入れてくれる。それを常に十個ほど確保して昼食を賄っている。

琳はそこらのアイドルより綺麗《きれい》な顔をしている。女の子たちにしてみれば、言葉を交わすこともできないテレビや雑誌のなかのアイドルより、身近なアイドルに貢ぐほうがより現実的なのだろう。

「血の匂いがする」

レジ袋を覗《のぞ》き込んでいた琳が、桜川の手に鼻先を寄せてくんくんと匂いを嗅《か》ぐ。

「さすがにするどいな」

こいつらの鼻は誤魔化せない。

「また殺人事件か？」

「ああ――」

あとで詳しく話す――と返そうとして、それに気づいた。日本の車道を走るには不向きなエンジン音を轟《とどろ》かせたスポーツカーが走ってくる気配。

対向車線を走ってきた車がスピードを落として路肩に停まり、その助手席から長身痩軀《そうく》の青年が降り立つ。ずいぶんと分厚い本を手にしている。

さらり……と肩にかかる薄茶の髪と、光の加減によっては金色にも見える色素の薄い瞳《ひとみ》、手足の長さもあって、頭身が異様に高く見える。

派手なスポーツカーは、騒音とともに走り去った。それを見送りもせず、青年は悠然と道路を渡ってくる。

「香水くさっ」

琳が大仰に顔をしかめる。

「玲《れい》……今の女性は？」

同じ大学の子かい？　と尋ねると、「知らん」とそっけない応《いら》え。

「送ってくれるというから乗っただけだ」

物憂げに伏せられているかに見える瞳は、実は興味のないものを映していないだけのことなのだが、この表情に騙《だま》される女性は多いらしい。

「玲……」

思わずこめかみをおさえて長嘆。

この三年間、情緒というものをことあるごとに教え込んできたつもりだったが、まったく功を奏していない。

「数式以外のものにも、もう少し興味を――」

桜川の苦言を、玲は短い言葉で遮った。

「献立は？」

返答によっては話を聞いてやらなくもない……と、こちらも琳と変わらぬ鋭さで、桜川の訪問理由を汲《く》み取っている。

「ふたりの好物のハンバーグとポテトサラダ、デザートもあるぞ」

桜川の目には、琳の頭に黒い耳、玲の頭に銀色の耳が、ぴょこん！　ぴょこん！　と飛び出たかに見えた。メニューは気に入ってくれたらしい。

琳は「ケーキだな！」と、レジ袋とは逆の手に提げたショップバッグにさっそく鼻先を寄せる。

玲は、「行くぞ」と先立って歩きはじめる。

マイペースな兄弟に苦笑させられるのはいつものことで、桜川はふたりに歩調を合わせてついていく。

都心に近い住宅街の一角に、その家はある。

木製の表札には、消えかかった墨文字で「月神《つきがみ》」と書かれている。桜川の目的地だ。琳と玲の自宅でもある。

いまどき珍しい日本家屋の平屋建て。広い庭が贅沢《ぜいたく》だ。昭和を舞台にしたドラマの撮影に使えそうな家、というのが、桜川がこの家をはじめて訪れたときの第一印象だった。三年前のことだ。

「お邪魔します」と、兄弟につづいて玄関を上がる。

左手に仏間、右手に居間、その奥にキッチン。兄弟の部屋は仏間の奥、中庭に面して設けられている。キッチンからも、中庭が望める。中庭には、一本の桜の大木。

外観は古いが、キッチンと居間、水まわりだけはリフォームされていて、室内は明るく小綺麗だ。――が、兄弟がマメに掃除しているわけではない。

キッチンにレジ袋を置いて中庭を見やると、竹箒《たけぼうき》が庭を掃いていた。誰かが掃き掃除をしているわけではない。竹箒が、勝手に掃いている。その周囲に、ぽうっと浮かぶ鬼火が三つ。

見なかったことにして、桜川はレジ袋の中身を、すぐに使うものと冷蔵庫にしまうものとに仕分けをはじめる。

すると、シンク下の扉が勝手に開き、フライパンがふよふよと浮いてガスコンロの上に。違う収納からはステンレスボウルとバット、まな板と包丁がふよふよと……。刃物は勘弁してほしい。

「自分でやるからっ」

誰に言うともなくため息交じりに呟《つぶや》くと、ボウルとバットがシンクに落ちた。包丁はまな板とともに作業台にふわり……と着地する。

この家のこういった現象にも、最初は驚いたがいいかげん慣れた。――が、放っておいてほしいというのが、桜川の本音だ。

「おい、ハンバーグに目玉焼きかとろけるチーズか――」

どっちをのせる？　と尋ねようと振り返ると、リビングのテーブルで、開けたケーキの小箱を挟んで琳と玲が対峙《たいじ》しているのが目に入った。

しまった！　と思ったが遅かった。

「ケーキが三つ……」

途端、室温が五度ほど下がった感覚。直後、琳と玲が変化した。

ぽんっ！　と弾《はじ》ける音がしたかと思ったら、唸《うな》り声と、猛スピードで室内を駆けまわる嵐というか台風というか旋毛風《つむじかぜ》というか……。

「ショートケーキは俺のだ！」

「モンブランは俺のだぞ！」

普通の人間の目には、屋内で突風が吹き荒れているようにしか見えないのだが、桜川のアスリート並の動体視力はそれを捉《とら》えていた。

取っ組み合いの喧嘩《けんか》をする、仔猫《こねこ》と仔狐……いやチビ猫又とチビ九尾の狐。

「チーズケーキも俺のだ！」

「チーズケーキは俺のだ！」

言い合っている内容は、実にくだらないのだが……。

家財道具が吹き飛んで、危険極まりない。それを避《よ》けつつ、桜川は嵐のど真ん中に踏み入る。

「こら、暴れるな！」

毎度毎度、おまえらは！　と、小さなふたつの影を捉え、手を伸ばした。手に、もふっとした感触。

「いいかげんにしろ！」

途端、旋毛風が止んで、桜川の両手には、首根っこを摘《つま》まれて自由を失った仔猫と仔狐がぷらんっ。

不服気に、うう〜っと唸って見せるものの、桜川がひと睨《にら》みすると、二匹そろって拗《す》ねた顔でしゅうんっと尻尾《しっぽ》を丸めた。

「ひとつは俺のだ！　ほら！　琳はショートケーキ、玲はモンブラン！」

好物だろう？　と二匹をテーブルに下ろし、おのおのの前に皿に移したケーキを出してやる。

「チーズケーキは俺の！」

夕飯ができるまで、いい子で食べてなさい！　と言いつけると、二匹は顔を見合わせたあと、おとなしくケーキにかぶりついた。

小さな軀《からだ》でケーキに埋もれるようにして頬張る姿は実に愛らしい。——が、赤ん坊と一緒で、二匹がおとなしいのは食べているときだけだ。その間に夕飯の支度を済ませてしまわなくては。

「で？　目玉焼きのせととろけるチーズ、どっちだ？」

「両方！」

二匹の幼さの残る高い声がユニゾンで響く。こういうときだけ気が合うのだ、この兄弟は。

「はいはい」

じゃあ、とろけるチーズはハンバーグのなかに仕込んでやろう。

二匹の喜ぶ顔を思い浮かべながら、桜川はいそいそとキッチンに立つ。その背後で、散らかった家財道具類は、ひとり勝手にもとの位置に戻りはじめる。わざわざ掃除をする必要はない。

二匹のチビ妖怪《ようかい》のために炊く米は一升。

愛犬や愛猫にメロメロな飼い主の気持ちがよーくわかる。桜川は、ちょっと奇妙なこの兄弟が、可愛くてならないのだ。

忙しい捜査の合間を縫って、ご飯をつくりに来てしまうほどに。


米一升、特大ハンバーグをおのおの五つずつ、ポテトサラダをボウルに山盛り、味噌汁《みそしる》を鍋《なべ》一杯、綺麗に平らげて、琳と玲はようやく満足げに箸《はし》を置いた。

一人前のハンバーグ定食を胃に納めた桜川は、ささっとテーブルを片付けて、先にカットしておいたフルーツをテーブルに出した。

肉食獣の妖怪だけあって、野菜をあまり好まない二匹だが、フルーツは好物だ。

ふたりは、桜川に「いいか？」と尋ねる視線を寄越《よこ》す。桜川が頷《うなず》くと、ぽんっ！と小さな獣に変化した。琳は大粒の葡萄《ぶどう》に、玲はリンゴに小さな前肢《まえあし》を伸ばし、抱えるようにして頬張る。

家の外では常に人型をとっているふたりだが、こちらの姿のほうが楽らしく、桜川の前では獣姿でいることが多い。だが、食事のときは人型でちゃんと箸を使って食べるようにと、言い聞かせている。

食事は本能に則した行為だ。うっかり人前で変化してしまっては困ると思った桜川が、最初にそう躾《しつ》けたのだが、どのみちこの姿が見える人間は限られているため、結論から言えば無用な心配だった。

それでもふたりは、桜川の言いつけを守る。こういうところが、奇妙に律儀な妖怪だ。

実に目の保養といえる美貌《びぼう》の人型もいいが、桜川はやっぱり獣姿の愛らしい二匹がお気に入りだった。

果物を頬張る二匹を腕に抱いて、リビングのソファへ。

すると、この家で桜川専用に置かれているマグカップが、ふよふよと宙を浮いて移動してきた。ローテーブルに置かれたそれには、湯気を立てるコーヒーが満たされている。

「ありがとう」

誰かは知らないが、空《くう》に向かって礼を言う。部屋の空気が、ほっこりとした温度に満たされた。

「このコーヒーは誰からだ？」

「座敷童《ざしきわらし》だ」

やはりふよふよと宙を移動してきたフルーツの皿から二個目の葡萄をとりながら、琳が答える。

「桜は気に入られているからな。ここの連中に」

ウサギさんリンゴを食べ終えて、答えるのは玲。

「座敷童か……ありがとう」

空中でパシッとラップ音。

最初はいちいち驚いていたこうした現象も、目に見えない彼らの自己主張だと思えば可愛くも感じられる。琳と玲がいる限り、桜川に害が及ぶこともない。ここらの妖怪たちは、皆この兄弟の僕《しもべ》……いや下僕なのだ。

ありがたく美味《うま》いコーヒーをいただきながら、二匹の毛並みを撫《な》でる。琳は気持ちよさそうに耳を震わせ、玲は面倒くさそうに尻尾《しっぽ》で桜川の手を叩《たた》きながらも逃げはしない。

「ウサギリンゴ、ひとり占めするな」

ウサギリンゴに伸ばされた琳の前肢を、玲の尾が叩く。

「だったら葡萄よこせ」

琳が葡萄の房を抱え込んで「やだ」と対抗する。

仔猫と仔狐姿だから可愛いけれど、これを男子高校生と大学生の姿でやっていたら、ただのおバカな兄弟だ。とはいえ二匹はともに優秀で、自宅で勉強をしている姿など見たこともないが、学校の成績は常に一番だ。

「わけあって食べればいいだろ。ほら」

玲が抱え込むウサギリンゴのひとつを琳へ、琳が抱え込む葡萄の房から幾粒かをもいで玲に。

「あー！」

琳が不服気に声を上げる。額を指先でちょんっと押して諌《いさ》めた。

琳と玲は睨み合って、ぷいっと顔を背ける。それでも背中合わせに一緒にいて、果物を頬張っているのだから不思議な関係だ。

猫又と九尾の狐は、前世では犬猿の仲だったらしく、獣姿になるととくに兄弟仲は険悪になる。だが転生したときに、なんの因果か人の兄弟に生まれてしまって、人型をとっているときは、一応それらしく振舞っている。

「弟のくせに」

「人間界では兄が弟に譲るものなんだぞ」

背中合わせに、二股尾《また》と九尾が戦っている。

「いいかげんにしなさい」

二匹を少し離して、おとなしく食べるようにと頭を撫でて言い聞かせる。これ以上つづけると桜川の雷が落ちると判断したのか、二匹はコクリと頷いて、おのおのリンゴと葡萄を頬張った。

玲が兄で琳が弟。

妖怪としての対抗心と、人間の兄弟としての感情が混ぜ合わさって、ふたりの奇妙な関係は成り立っている。そこに緩衝剤として存在するのが、どうやら自分らしいと、最近になって桜川は、妖怪兄弟に気に入られた理由を分析するようになった。

「で？　今度はどんな事件なんだ？」

「どうせまた、くだらない事件に手こずっているんだろう？」

本当に人間は愚かだと、玲が冷やかに桜川を見上げた。――が、ちまっとした軀でつぶらな瞳《ひとみ》では、迫力もなにもない。人型なら、その美貌で説得力もあるのだけれど。

「俺も人間なんだけどな」

人が愚かなのは同意だが、一方で人はやさしくもある。

「桜ちゃんは特別だ」

琳が桜川の手に額を擦《こす》りつけてくる。猫が甘えるときにする仕種《しぐさ》だ。妖怪と人と猫と、さまざまな表情を見せるが、そのどれもが本質ではない。けれど、素顔ではある。

「三日前に動物病院の駐車場で起きた事件なんだけど」

琳の小さな頭を撫でながら、話をはじめる。すぐに玲が反応した。

「ニュースでやってたあれか」

動物看護師が殺された事件だろう？　と確認しつつ、「動物に被害は出てないんだろうな」と、意外にも気遣いを見せる。桜川の手に頭を擦りつけてじゃれていた琳も、どうなのだ？　とうかがうように大きな瞳を上げた。

「入院患者はみんな無事だったよ。病院は休診中だけど、院長先生が人格者みたいで、転院する患者もいないみたいだ」

動物病院では一般的に患者——動物のことを患畜と呼ぶのだが、桜川はどうもこの言葉が好きになれなかった。捜査会議などではしかたなく使うが、個人的にはあまり使いたくない。

捜査の関係もあって、病院は休診している。だが、入院患者——動物を放り出すわけにいかないために、スタッフは出勤していて、急患には対応していると捜査会議で報告されていた。

「あそこの評判なら聞いたことがある」

琳が、自慢げに言った。

「どこで？」

「野良《のら》のやつが、交通事故にあったときに助けてもらったって言ってた」

病院近くの公園をねぐらにする野良猫から聞いた話だと言う。桜川は、琳の小さな額を軽くつついた。

「おまえ、どこまで散歩に行ってるんだ？　遠出するときは、人間の姿で行けって、いつも言ってるだろ？」

「人間には俺たちの本当の姿なんて見えないんだから平気だよ」

普通の人間には、琳の尻尾は一本にしか見えないし、玲の九尾もふさふさの一本にしか見えない。ではなぜ自分には数が増えて見えるのかと訊《き》かれると、桜川にもわからないのだった。ともかく、妖怪だとばれなくても、仔猫《こねこ》と仔狐であることに違いはない。

「車に轢《ひ》かれたり自転車にひっかけられでもしたらどうするんだ」

「そんなヘマするもんか」

琳がふいっと顔を背ける。

桜川は、小さな耳を軽く引っ張って、琳の顔を自分に向けた。普通の猫ではありえない緋眼《ひがん》が桜川を映す。だがこの色が見えるのもまた、桜川だけなのだ。

「琳」

いなすように呼ぶと、つんっと上げていたヒゲを落として、片耳をピクリ。

「わかったよ」

ちゃんと人型で散歩するからと、不服そうではあるものの、一応は頷いてみせる。素直なのはいいことだ。

「三日経っても、犯人の目星がつかないってわけか。毎度毎度、日本警察は世界一優秀だなんて言ったのはどこのどいつだ」

玲が冷やかに言い放った。

「目星どころか、目撃証言すら出てこない」

まったく面目ない……と桜川が苦笑すると、琳が「しょうがないさ」と桜川の手にじゃれつきながら言う。

「桜ちゃんが有能だろうが無能だろうが、どのみち組織には逆らえないんだから。指揮官がバカなら、それまでだ」

小さな牙《きば》を立てて、桜川の指をかじかじ。遊んでいるだけだから、痛くはない。

「こら。褒めてるのか貶《けな》してるのか」

どっちだ？　と首根っこを掴《つか》む。

「おもしろくないってことは、桜ちゃん、無能なのか？」

小さな牙をのぞかせながら、可愛い口が小憎らしいことを言う。

「可愛い顔で可愛くないこと言ってると、もうご飯つくってやらないぞ」

腹を擽《くすぐ》ると二股尾がくるんっと巻きついた。

「うにゃにゃっ」

チビすけのくせして、口だけは一丁前なのだ。

「ニュースでやってた以上の情報はないってことか？」

「茶々を入れるな」と琳を諌めて、玲が話のつづきを求めてくる。桜川は琳がじゃれているのとは逆の手で、玲の尻尾を撫でた。

「協力してくれるのか？」

「話次第だといつも言ってるだろう？」

桜川が撫でる尻尾を嫌そうに振り払って、テーブルの向かいの椅子にぴょんっ！　と跳び移る。ぽんっ！　と弾《はじ》ける音とともに、玲は人型に変化した。

コーヒーが注がれた玲愛用のマグカップが、ふよふよと宙を浮いてやってきて、テーブルに着地する。桜川のカップにも、お替りが注がれた。コーヒーを注ぎ終わったコーヒーサーバが、ひとり勝手にコーヒーメーカーの定位置に戻る。

「動物病院の駐車場で他殺体が発見された。死因は頭部を強打された脳挫傷《のうざしょう》。被害者はその動物病院にAHTとして勤めていた」

玲に求められるままに、事件概要を掻《か》い摘《つま》んで話す。第一回目の捜査会議で報告された基本情報に、桜川が自分の目で見た現場状況をプラスした内容だ。

「病院関係者は？」

「スタッフには全員アリバイがある。院長も看護師仲間も」

「トラブルの有無は？」

「ギャンブル好きだという話は出たが、特別多額の借金があるわけじゃなかった。記録の残らないところから借りてる可能性は、まだつぶしきれてないけどね」

人物評として、特別いい話も上がらなければ、特別悪い評判も聞こえてこない。

だが、もともとは獣医志望だったらしく、動物医療に関する知識は豊富で、実質病院のナンバーツーだったという。刑事に話を聞かれた院長は、人付き合いが苦手で誤解されがちなところはあったが、腕はよくて信頼していたと故人を語ったという。

「怨恨《えんこん》の線は？」

「治療が気に食わなかったらしくて、怒鳴り込んで来たり、トラブルになっていた患者の飼い主の名が数名挙がったけど、いずれもアリバイ成立。そのほかの患者の飼い主に関しては、カルテを元に受診記録の新しい順に聞き込みにまわってるけど、今のところ当たりはない」

帳場が立ってたった三日で捜査が立ち往生している状況を、玲に訊かれるままに答えると、桜川の手のなかで琳が「物取りの犯行か？」と緋眼を瞬いた。

「財布の中身は手つかずだった」

「じゃあ、突発的犯行？　通り魔とか？」

それも考えられなくはない。

「そうなると、防犯カメラもない場所だから、目撃情報がない限り、皆目見当がつかなくなる」

死亡推定時刻から、犯行時刻は深夜と推察される。今のところ目撃情報は出ていない。

それに反応したのは玲だった。

「防犯カメラがない？」

「医院の玄関と裏口にはあるんだけど、駐車場のは悪戯《いたずら》防止用のダミーだったんだ」

もっと人通りの多い商店街なら、昨今はそこかしこに防犯カメラが設置されているが、少し外れると街灯すらまばらになる。

コンビニでもあればよかったのだが、残念ながらちょうど空白地帯だった。病院の左右どちらにも十分ほど歩くとコンビニがある。

「ケチりやがって」

玲が毒づく。綺《き》麗《れい》な顔で言われると、自分に向けられた言葉でなくてもダメージを感じる。

「コンビニのカメラには何も映ってないのか？」

「不審車両や人影は映ってない。深夜だから客も少なくて、全員当たったけど、不発だった」

まさしく今日の捜査会議で報告された内容だ。

「桜は何を担当してるんだ？」

「カルテにある患者の飼い主への聞き込み継続中」

ソファに放ったスーツのジャケットの胸ポケットには、赤線で半分ほど名前の消されたリストが入っている。二日半ほどかかって、ようやく半分潰《つぶ》せたところだ。

「また外れを引いたのか」

下っ端はつらいな、と琳が減らず口を利く。可愛い耳を引っ張ってやった。

「外堀を埋めていく捜査は、誰かがやらなきゃいけないことだよ」

だれもが被害者の鑑《かん》――人間関係を捜査できるわけではない。警察の捜査は探偵のそれとは違う。人海戦術なのだ。

「院長やスタッフとは、直接顔を合わせてないんだな？」

「顔は見たけどね」

桜川の返答に頷《うなず》いて、「捜査の中心にいるやつが無能だったら意味がないな」と玲が毒づく。

「で？　俺たちに何をさせようって？」

玲がテーブルに頬杖《ほおづえ》をついて、つまらなそうに言う。

「なに、って……動物病院だから、さ」

手にじゃれつづけていた琳が、腕を伝って肩によじ登ってくる。間近に桜川の顔を見上げながら、「潜入捜査でもしろって？」と、面倒くさそうに言った。

「そうしたいところだけど、今病院は休診中だし。大怪我したふりなんて無理だろう？」

「院長に幻覚を見せることはできるが、辻褄《つじつま》が合わなくなる危険がある」

ゆえに面倒くさいと、桜川の話に興味を失ったらしい玲が、テーブルの片隅に積み上げてあった分厚い参考書に手を伸ばす。数学書だ。玲は数式を愛している。まったくけったいな妖怪《ようかい》だ。

「病院がいつまでも閉まってたら、動物たちが困るだろう？」

評判のいい院長だと聞いたと、言ったのは自分ではないか。

「動物にはそもそも自然治癒力がある。それを歪《ゆが》めたのは人間の愚かしさだ。本来与えられるべきではない餌を与えられ、狭い空間に――」

「しょうがないだろ。今は二十一世紀なんだから」

これだから数千年も生きてる妖狐《ようこ》は困る……と、琳が玲の苦言を遮る。玲のこめかみに、ピクリと青筋が立った。桜川は、「またか……」と頭を抱える。

「たかが数百歳の化け猫風情が……！」

生意気な口を利く、と玲が凄《すご》む。

「化け猫じゃない！　猫又だ！」

桜川の肩の上で、仔猫姿の琳が前傾姿勢で毛を逆立てた。

ぽんっ！　と弾《はじ》ける音がして、玲が九尾の仔狐に変化する。同時に、桜川の肩から琳が跳躍した。

「ふぎゃあっ！」

「みぎゃぁお！」

またも室内を吹き荒れる突風と竜巻。

「生まれたときから生意気なんだ、おまえは！」

「狐のくせに兄貴面すんな！」

互いの何がそれほどまでに気に食わないのか……数千年だか数百年だかの間に、互いに譲れない何かがあったのだろうと出会った当初は考えていた桜川だったが、最近になって単純にイヌ科とネコ科の確執ではないかと思うようになった。ちゃんとした理由があるならまだマシだ。この二匹の場合、それすら明確でない気がしてならない。

「……ったく」

仲良くデザートを分け合っていたかと思えば、すぐにこれだ。

「だーかーらー！　暴れるなって言ってるだろ！」

抜群の動体視力で、小さな影を捕える。空間に手を伸ばして、むんず！　と二匹を捕えた。ぷらんっ！　と尻尾《しっぽ》を巻いた仔狐《こぎつね》と仔猫が釣れる。

ご近所迷惑だろ！　と顔の高さに掲げて怒鳴ると、二匹はぷいっ！　ぷいっ！　と顔を背けた。

「玲！　琳！」

つーん！　と小さな顎《あご》を突き出して、完全に拗《す》ねた顔。首根っこを摘まれて身動きできないくせして、強気な態度は崩さない。

「協力してくれたら、今度は焼肉に連れてってやるのになぁ」

妖怪のプライドを刺激しないように配慮しつつ、操る。

「焼肉！」

ユニゾンで響く高い声。

二匹は存外と容易《たやす》く釣れた。

容疑者を任意同行した情報がもたらされたのは、桜川が月神家で風呂《ふろ》を借りて、そろそろ捜査本部の置かれた所轄署に戻ろうかと考えていたときだった。

夜のうちに、ほかの捜査員の目を盗んで、事件現場に琳と玲を連れて行こうと考えていたのだ。

「すぐ戻ります！」

髪を乾かす間もないまま新しいワイシャツに袖《そで》を通し、月神家に置きっぱなしになっている予備のスーツに着替える。出会いの日から何度かこうして訪ねてきているうちに、そうなってしまった。

「あとで連絡するから、ちゃんと戸締りして――」

普通の高校生と大学生のようにおとなしくしているんだぞ、と言い置く前に、テレビの前で人の姿でゲームに興じていた琳が、ぽんっ！　と弾ける音とともに仔猫に変化した。

2

「行く！」

ぴょんぴょんっと跳ねて、桜川の頭に飛びついてくる。

すると今度は、ダイニングテーブルで数学書を読みふけっていた玲が、同じく仔狐に変化して、桜川の肩に跳び移ってきた。

「おまえたち……」

見つかったらどうするんだ……という桜川の心配をよそに、「早く行け」と、こんなときばかり声がそろう。

「はやく事件解決したいんだろ？」

二匹が目を輝かせて桜川の顔を覗《のぞ》き込んでくる。

「はやく焼肉が食いたいだけだろ」

まったく本能に忠実なやつらだ……と呆《あき》れる。

今日はもう食べ放題店は閉まっているから、いくら事件が早く解決しても、焼肉は明日《あした》以降になるぞ……と言うと、二匹の耳がピクリ、ピクリ。だったら寝る……とでも言うように、背を向けようとした二匹の首根っこを、桜川は抜群のタイミングで掴《つか》んで、左右のポケットに突っ込んだ。

「小さくなって隠れてろよ」

桜川の大きな手に押し込められて、左右で二匹がもがく。

「ぷはっ」

「もっと大事に扱え！」

高い声で文句が聞こえたときには、桜川は月神家を飛び出していた。この家には施錠など必要ない。泥棒が入っても、悲鳴を上げて逃げ出すだけのことだ。

「呪ってやるぞ！」

ポケットから顔を出した琳が文句を言う。

「呪うのはお化け。妖怪は憑《と》りつくんだろ」

間違ってるぞ……と指摘すると、「うっ」と詰まって、ポケットから飛び出してくる。肩にのって、「憑りついてやる！」と耳に頭を突っ込んでくる。

「こらっ」

くすぐったいと小さな頭を払い、「落ちるなよ」と言い聞かせる。反対側の肩に玲もよじ登ってきて、「落ちるわけないだろう」と冷やかに言った。高い声で。可愛らしいが、小憎らしい。

「とっくの昔に憑りつかれてるよ」

左右にモフモフを乗せた恰好《かっこう》で駆けながら呟《つぶや》く。

でなかったら、この状況はなんなんだ？　と言いかけて、憑りつかれているというよりは、餌付《えづ》けしてる感じだよなぁ……と、桜川は思い直した。

桜川が捜査本部の置かれた所轄署につくと、任意同行された男は、すでに取調室の中だった。

別班の刑事たちが、聴取にあたっているという。

「どういうことです？」

同班所属の先輩刑事に尋ねる。

「ようやく目撃情報が出たんだよ」

目撃情報？　近隣に徹底した聞き込みをしたあとで？

「現場のですか？」

殺害現場の目撃情報が出たのかと驚いたが、そうではなかった。

「いやいや、被害者と言い争ってた、ってやつだ」

任意同行された人物が被害者と言い争っているのを見たという目撃情報が、いまさら出てきたのだ。

目撃者は事件前日から海外旅行に出ていて、留守だった。帰国してはじめて、近所で事件があったことを知ったらしい。

「近隣住人への聞き込み、虱潰《しらみつぶ》しにしたんじゃなかったんですか？」

「他班のやることにまで口は出せんよ」

桜川のまっとうな指摘に、ベテランの先輩刑事は肩を竦《すく》めて返してくる。あってはならないことなのだが、実際ままある。

目撃証言の主は、ご近所さんが「刑事が聞き込みにきた」と話しているのを聞いて、旅行に出る前に見た光景を思い出し、わざわざ警察に連絡をしてきてくれたらしい。ありがたいことだ。

「あの動物病院の並びに、でかいビルが建ってるだろ？」

「ああ……一階にトリミングサロンが入ってて、ペットホテルと、ペットグッズなんかを扱う店も入ってる、あれですか？」

テナントはすべて動物がらみの店や企業で、四階から上はマンションになっている建物だ。たしか八階建てだったたか、いや十階くらいあったたか……。

「あの建物と店のオーナーだと」

被害者と言い争っていた、今聴取を受けている人物だ。名前を権藤猛《ごんどうたけし》という。

「オーナー？　店と建物両方の？」

ずいぶんとやり手、ということか。それとも親の遺産だろうか。

「本人も人気トリマーで、青年実業家ってやつらしいぞ」

「へぇ……」

それなら、財布の中身が手つかずだったのもわかる。金に困っているとも思えない。となれば物取りの犯行ではない。

言い争っていたという目撃情報からも怨恨《えんこん》の線が浮かぶが、果たして本当に被疑者なのか。決めてかかることはできない。

言い争っていただけで疑われてはたまらない、というのが一般市民の感覚だろう。

本当は、その目撃証言者に直接話を聞きたいところだが、担当外の仕事にケチをつけることはできない。警察というのは、縄張り意識が強くて、シマ荒らしを嫌う。まるでヤクザだと、揶揄《やゆ》されてもしかたない。

任意同行のはずなのに、取調室に入れられてしまった男の顔を、マジックミラー越しに確認する。

名は体を表すとでもいうのか、ずいぶんと大柄でいかつい男だった。

――トリマー？

あのゴツイ手で？　というのが、桜川の第一印象だ。

盛り上がった筋肉に覆われた肩といい、太い腕といい、何より割れた顎《あご》と濃い眉《まゆ》。格闘家のほうがよほど似合いの風貌《ふうぼう》だ。

聴取の様子を確認して、これはダメだ……と判断する。すぐに釈放するよりなくなるだろう。すでに聴取にあたる刑事の持ち札は使い尽くされている感じがした。それに対して、権藤はずいぶんと落ち着いた様子だった。桜川の心証はシロだ。

「ですから、対応が悪かったと、うちのお客様からクレームがきたんですよ。院長の腕を信用して紹介したのに」

刑事の質問に答える権藤の声には、怒りより呆れが滲《にじ》んでいる。口調はやわらかいが、聴取にあたる刑事より迫力があるように感じられた。

トリミングサロンの顧客に、並びにある動物病院は腕がいいと紹介したのだが、対応が悪いとクレームがあった。その件で話を聞きに行ったときに、被害者と口論になった。

「話の筋は通ってますね」

呟いて、ベテランの先輩刑事に、「出てきます」と断りを入れる。

先輩刑事は、桜川が捜査のために出かけることに薄々気づいていながら止めはせず、

「班長に迷惑かけるなよ」と、軽い口調で釘《くぎ》を刺してきた。やめさせようというのではない。問題にならない程度に好きにやれ、という意味だ。

これまで何度か、桜川が独自に動いて事件を解決に導いた実績があるがゆえに、与えられた自由だ。——が、まさか先輩刑事も、班一番の若手が妖怪《ようかい》の力を借りて事件を解決に導いたとは、思いもよらないことだろう。

捜査本部の置かれた所轄署を出てしばらく歩いたあたりで、左右のポケットから、ぴょこりぴょこりと小さな耳が。そしてぴょんぴょん！　と、まずは琳が飛び出して肩に登ってきた。玲はポケットから顔だけ出して周囲の様子をうかがったあと、とととっと腕を伝って駆け登ってくる。

「どこ行くんだ？」

琳が尋ねる。

「病院。……と、さっきの男の店」

目撃情報によれば、被害者と権藤が言い争っていたのは病院の駐車場だ。——が、それは事件の前夜のこと。死亡推定時刻に合致する目撃情報ではない。

「任意とはいっても、容疑者が引っ張られたんだ。こんな夜に、現場に近寄る刑事はいない」

皆、捜査本部につめて、聴取の動向をうかがっている。誰がアタリを引いたのか、誰の手柄になるのか、という問題もあるが、それ以上に、誰もが事件の早期解決を願っているからだ。現場で遺体を見ている限り、罪を憎まない刑事はいない。

つまりは、ひと目を盗んで現場周辺を探るには、絶好のタイミング、というわけだ。

「歩く気か？　一反木綿を呼んでやるぞ」

所轄署管内とはいえ、現場までそこそこ距離がある。面倒くさい……と玲が夜空を見上げた。一反木綿とは、国民的妖怪漫画でおなじみの、空飛ぶ布の妖怪だ。

「いやぁ……それは、遠慮させてもらうよ」

自分は妖怪じゃないし。

空を飛ぶより歩くほうが性に合っている。なんといっても、刑事は靴底をすり減らしてなんぼだ。

「いつの時代の話をしているんだ」

非効率的だと、玲が一刀両断。

「そういうステレオタイプに、桜ちゃんは憧《あこが》れてるんだよ」

琳が、わかった風な口を利く。

「しょうがないな」

玲が呟いた瞬間、桜川の目の前の空間が、ぐにゃり……と歪《ゆが》んだ。渦の中心に引き込まれるような感じだ。思わず足を止めると、次いで歪んだ空間が逆戻りの動きを見せて、空間が正常に戻る。

眼前の光景が変わっていた。

目の前に、《小関アニマルクリニック》の看板。

玲が妖力《ようりょく》で空間を歪め、ようは瞬間移動したのだ。

「玲、無駄に妖力を使うと消耗するぞ」

大丈夫か？　と肩の上をうかがうと、仔狐玲はつんっとそっぽを向いた。

「この程度、問題ない。どのみち肉体労働は琳の役目だ」

玲の言葉に、反対側の肩の上で、琳が「えぇっ⁉」と声を上げる。「またかよ」と口を尖《とが》らせた。

「入院患者って、犬のほうが多そうじゃないか」

「猫だっているだろう」

琳のほうがすばしっこいのだから潜入向きだと、玲は取り合わない。

「犬しかいなかったら代われよ」

猫又の琳には、同族の猫を自由に操ることはできても、犬とは犬猿の関係で、妖力で操ることができない。その逆に、イヌ科の狐である玲には、犬を操れても猫を操ることはできない。

「しょうがないから引き受けてやる」

玲の返答に、琳が「えらっそうにっ」と、べぇ～っと舌を出す。玲が九尾をピクリ……と反応させた。

「こーら」

こんなところで喧嘩《けんか》をおっぱじめられてはかなわない。指先でちょいちょいっと二匹をおのおのいなして、おとなしくさせる。

建物を回り込んで駐車場に足を向けたとき、気配に気づいた。人の話し声もする。

動物病院の駐車場には、屯《たむろ》する大学生くらいの若者の集団がいた。病院の通用口も駐車場側にあるから、できれば人目は避けたいところだ。

「ここで人が殺されたんだってよ」

「テレビで見た見た」

「え？　もしかして、これ血痕《けっこん》!?」

「うわっ、気持ち悪《わり》ぃっ」

などなど……。

口々に適当なことをわめいている。路肩に一台のワゴン車が止められているから、それで来たのだろう。飲酒運転では？　と思わせる様子だが、桜川が注意を促す必要もなく、その役目をするべき人物が現れた。地域課の警官がふたり、自転車に乗って現れたのだ。

「なにやってるの？」

「迷惑になるから、騒いじゃダメだよ」

すぐに飲酒運転を見抜かれて、応援のパトカーが来るだろう。そうなったら、病院に忍び込むどころではなくなる。

まったく面倒なことをしてくれた。

警官が肩のあたりにつけた無線機に何やら話している。今から忍び込むのは無理だと判断した。

しかたなく、権藤の持ちビルのほうへ足を向ける。こちらまで、警官の注意が向くことはないだろう。

階数を数えると、九階建てだった。最上階は広いバルコニーを有するペントハウスのように見えるが、もしかしたら権藤の住まいだろうか。

一階に、トリミングサロンと併設のペットグッズを扱う店、一番奥にはドッグカフェがテナントとして入っている。

看板を確認すると、二階にはペットホテルと猫カフェがあって、三階はオフィスとして使われているようだった。ワンフロアを借りきっているから、権藤のオフィスかもしれない。

四階から上は分譲住宅だが、どうやら一軒一軒がかなり広い高級物件らしく、エントランスから覗《のぞ》いて確認したポストの数は、建物の大きさの割に少なかった。

ビルの側からは、病院の建物が邪魔になって、事件現場は見えない。駐車場は死角だ。病院の反対側にも、道路を挟んで向かいにも、民家や商店はなく、ビルの向かいには、広いドッグランがあった。専用駐車場も併設されている。もしかしなくても、権藤がオーナーに違いない。よほど動物が好きなのか、はたまた飼い主の心理をついたペットビジネスが上手《うま》いのか。

病院の駐車場の隣は、住宅街の隙間に忘れ去られたかのように存在する緑地――ブルーベリー畑だ。奥には無花果《いちじく》の木も見える。これだから、目撃証言が出ないのだ。

権藤がオーナーのビルの周囲を、ぐるっと回ってみる。ドッグカフェの前に来たところで、琳が「犬くさい」と前肢《まえあし》で鼻を押さえた。玲は涼しい顔をしている。

ビルの裏手にはゴミの集積場と駐車場が五台分。来客用だろう、一台分のスペースが埋まっているだけだ。住人用の駐車場は、雨風に曝《さら》されない地下にあるようだ。

一応、車のナンバーを控えて、桜川は表に戻った。

敷地内はどこも綺麗《きれい》に手入れされている。専門の業者と契約しているのだろう。ビル管理にしっかりと金をかけている、という印象だ。

トリミングサロンはガラス張りで、ペットがカットされている様子が外から見えるつくりだ。その一枚ガラスに、店名のほかに営業時間や基本料金などが、デザイン的に書き込まれていた。

「高っ。こんなにするのか？」

書かれた数字を見て、ウッカリ叫ぶ。人間よりも高いのではないか。

「俺たちの毛は繊細なんだ。人間みたいに頭皮だけを覆ってるわけじゃないんだからな」

琳が偉そうに言う。

「おまえら、普通に人間の美容院いってるだろ」

トリミングなんて受けたこともないくせに。

「来てくれと言われるから行ってるだけだ」

天然タラシとしか言いようのない発言をするのは玲だ。だが琳も似たような状況にある。

「気のない女の子にまでいい顔するのやめなさい」

妖怪として命の危険にさらされるのならまだしも、いつか兄弟ともに女性に刺されるのではないかと、半ば本気で心配してしまう。妖怪相手にする心配ではないと、わかってはいるのだけれど。


「いい顔なんてしてない」

ニコリともしない玲に淡々と返されて、桜川は深い深いため息をついた。

「……悪かった。撤回する」

たしかに、いい顔などしていない。そんなことをしなくても、兄弟の美貌《びぼう》に惹《ひ》かれて女の子が寄ってくる。

すると、車の行き来もめっきりと減った幹線道路を、一台の四駆が走ってきて、角を曲がり、マンションの裏手のほうへ。

「今の……」

権藤だ。

どうやら解放されたらしい。思ったとおりだ。刑事の尾行はついているだろうが、ひとまずあの取調室から出られたのならよかった。

さて、どうするべきか。

尾行の車は、開けた場所だけに身を隠せず、なかなか近寄れないでいるのか、今のところ視界のなかにはない。

権藤に接触するのなら今のうちだが、尾行の刑事に見られると、のちのち厄介だ。直属上司にも迷惑がかかる。それは避けたい。

だが、ひと言ふた言言葉を交わせば、シロかクロか、心証はより明確になるはずだ。

犬ならまだしも、この時間に仔猫《こねこ》と仔狐を連れて散歩もないが、ともかく偶然を装って権藤に接触するよりほかない。

「おまえたち、普通のペットのふりしてろよ」

「……？」

二匹は、獣姿のときは首輪をしている。今つけているのは、出会った当初に桜川が買ってやったものだ。琳の黒毛にも玲の銀毛にも映える、お揃《そろ》いの赤い首輪だ。ちゃんとネームタグだってついている。

だが、リードぐらい携帯しておくべきだったか。そのほうが、二匹にペットのふりをさせやすい。今度から仔猫用のを用意しておこう。

肩にのる二匹をまとめて片腕に抱き、おとなしくしているようにと小さな頭をひと撫《な》で。

琳も玲も、おとなしく桜川の腕に収まって、どうするつもりなのかとつぶらな瞳《ひとみ》で見上げている。

駐車場に車を停めたのなら、マンションのエントランスの前あたりで出くわすように仕向けるのがいいだろう。

距離と時間を計算しつつ、ビルの裏手へ足を向ける。

「琳」

桜川が促すと、仔猫琳は、「えー？　ボク？」という顔で耳をぴくぴくさせたものの、

「しょうがないな」と桜川の腕を飛び出した。

ぴょん！　と跳ねて、アスファルトをとと っと駆ける。桜川の計算どおり、向こうから
キーケースを手にした大柄な男がゆったりと歩いてきた。

琳が男の手前二メートルほどで足を止める。

「あら？」

権藤が、小さな獣に気づいて視線を落とした。

「琳……！」

逃げた仔猫を追いかけるふうを装って、桜川が駆け寄る。

だが、ふいに琳の小さな軀《からだ》が、倍にも膨らんだかのように見えた。全身の毛を逆立てた
のだ。

――……え？

桜川の腕のなかで、玲も目を瞠《みは》る。同じく尻尾《しっぽ》を逆立てた。

「まぁ、可愛い仔猫ちゃん！」

権藤が、フーッ！　と毛を逆立てる琳に近寄る。

ゴツいガタイに似合わぬオネェ言葉に突っ込みを入れていいものか、桜川は迷ったが、問題はそこではない。

「琳？」

どうしたのか？　と呼び戻そうとして、しかしかなわないまま桜川も足を止めることとなった。

「あらまぁ、可愛い尻尾が二本も！」

権藤の言葉に目を瞠る。

「……!?」

——見えてる!?

まさか……と、獣姿の琳を見やった。——が、そもそも桜川の目には二股《また》尾に見えているから、権藤が特別なのか、琳の妖力《ようりょく》に何かあったのか、わからない。

すると権藤は、唖然《あぜん》とたたずむ桜川にニコリと微笑んで、そして腕の中の玲にも目を止めた。

「そっちの仔狐ちゃんは……いちにぃさんし……あらやだ九本も!?　すごーい！」

ふさふさの尻尾ねぇ……と、興味津々の顔。

「完全に見えてるな」

腕のなかで玲が毒づく。

自分以外にも二匹の正体を見抜ける人間がいたことに驚いた。とりあえず桜川ははじめて出会った。

「おまえたちの正体が見える人間って、多いのか？」

「まさか。だったら俺たちは人間界で暮らしてない」

三年前、桜川と出会ったときに、あれほど驚いてもいない。

それまで兄弟は、前世の記憶が覚醒《かくせい》して間もなかったとはいえ、自分たちの真の姿を見抜く人間に、出会ったことはなかった。

「こいつは犯人じゃない。それだけは確かだ」

動物たちの思念がそう言っている……と、するすると肩によじ登ってきた玲が言う。

桜川も同意見だった。権藤の目は、曇ってはいない。

だが、事件の容疑者でないことと、二匹の真の姿が見えていることは、別問題だ。

「琳！」

戻ってこい！　と呼ぶものの、毛を逆立てた琳は動けない。

「そんなに怯《おび》えないで。さ、いらっしゃい」

権藤が、にこやかに手を伸ばす。琳がジリ……ッとあとじさった。

「琳！　そいつの記憶を消すぞ」

玲が桜川の肩から跳躍する。琳の傍らにしゅたっと降り立って、同じく毛を逆立てた。

「まぁぁ！　仔狐って、こんなに可愛らしいのね！　何を食べるのかしら？　ドッグフード？」

警戒を漲《みなぎ》らせる二匹とはまるで温度の違う空気をまとって、権藤は地面に膝《ひざ》をつく。二匹に向かって手を伸ばし、「お店にいらっしゃい」とニッコリ。

なんのつもりなのか？　本心なのか演技なのか？　二匹のこの姿を目にしても驚く様子もない。となると、妖怪《ようかい》世界にかかわる存在なのか？

放っておいたら、殺人事件の捜査どころではなくなる。とはいえ、桜川にはどうしていいかもわからない。妖怪世界のルールなど、わかるわけがない。

「琳！」

玲が九尾を広げる。

「わかった！」

琳が跳躍した。弧を描くように、権藤の頭上を飛び越える。周囲を一周して、妖力の光の軌跡で陣のようなものを描き、玲の傍らに戻った。

琳の緋眼《ひがん》と玲の金眼が輝く。

光の渦が権藤を包んで、それが爆発するかのように大きくなった。光の渦が爆発したら、権藤はすべて忘れているはず。

だが……。

「……っ⁉」

最初に異変に気づいたのは玲だった。

「……うそ」

琳が唖然と目を瞠る。

二匹の妖力エネルギーの集合体ともいえる光の渦が、急速に収縮してしまったのだ。権藤を包んだそれは、最後、権藤に吸い込まれるようにして消えた。

とうの権藤はというと、何が起きたのか、まるでわかっていない顔。

「あら？　どうしたの？　遊んでくれるのかしら？」

琳が自分の周囲を飛び跳ねるのを見て、嬉《うれ》しそうに言う。

「飼い主の方？　今お店開けるわ。少し休んでいかれません？」

唖然茫然《あぜんぼうぜん》と権藤を見上げる二匹を抱き上げようとしたのだろう、伸ばされた権藤の手が触れる寸前、雷に打たれたかのように我に返った二匹が、一目散に桜川に向かって突進してきた。

「桜ちゃん！」

半泣きの琳が飛びついてきて、「やだっ」「気持ち悪いっ」と桜川の肩をぐるぐるとまわったあと、スーツの胸元に飛び込む。玲はというと、まっしぐらに桜川の胸元に飛び込んできて、内ポケットに逃げ込んだ。そこには警察手帳が入っているのだが……。

「まぁ、よく懐いているのねぇ！　お兄さん、はじめて見る顔ね。ご近所に越してらしたの？」

ここは新宿二丁目ではなく、静かな住宅街のはず……。

目の前に立たれると、妙に迫力のある男だった。長身の桜川よりもっと背が高くて、肩幅も広い。そんな男が操るオネェ言葉は、シュールというか、琳の言葉を借りれば正直「キモイ」。公僕が口にしていい言葉ではないかもしれないが、権藤から受ける威圧感が半端ないこの状況では、胸中で呟《つぶや》くくらいは許してほしい。

だがそれは、オネェは気持ち悪いという差別の意味ではない。この男の存在そのものがどうにも不可思議……いや、ぶっちゃけ不気味なのだ。

ゴツい大きな手に、ぎゅっと手を握られて、桜川の背筋をゾクゾクゾク……ッ！　と悪寒が突き抜けた。

「……っ！」

さすがに青くなって、手を振り払いかけたが、それすら許さない力で握られていて、逃げられない。

──な、なんだ？　この男……！

犯罪者ではないと、桜川の刑事としてのカンが告げている。なのに、気色悪い。この気持ち悪さは、犯罪にかかわるものではなく……。

──いや、俺、そっちの趣味ないし……。

頬を引き攣《つ》らせ、「手、離していただけますか？」とお願いしてみるものの、権藤は聞き入れず、ずいっと身を乗り出してくる。上から覆いかぶさられているかのような錯覚を覚える。

「その子たち、お兄さんのペットなのよね？」

「……は？」

「抱っこさせてもらえないかしら？」

「……」

どうやら権藤の狙いは、自分ではなくモフモフな二匹らしい。なるほど自分は、そっちの世界ではウケないタイプのようだ。

胸中で盛大に安堵《あんど》の息をつきながら、桜川は「えぇっと……」と言葉を濁す。

琳は、スーツのジャケットの奥、腹のあたりで「絶対やだ」と固辞するし、玲は内ポケットの中で丸くなって、「冗談じゃない」と毒づいたきり微動だにしない。こんな二匹を見るのははじめてだ。妖力を跳ね返されて、かなわないと思ったのか、それとも臍《へそ》を曲げてしまったのか。

「桜なら大丈夫だ」などと、勝手なことを言ってくれる。いつもは人間なんて……と言うくせに、都合のいいときだけ盾に使うのはどういう了見だ。

とはいえ桜川自身も、猫又と妖狐《ようこ》の妖力が利かないこの男の前に、二匹を出す気にはなれなかった。

「私、そこのトリミングサロンのオーナーなの。可愛いペットグッズも売っているのよ。仔猫《こねこ》ちゃんと仔狐ちゃんに、何かプレゼントするわ。ね、ダメかしら？」

首輪でもリードでもペットフードでも、好きなものをプレゼントするから二匹を抱かせてほしいと言う。

獣姿の琳と玲は、たしかに愛らしい。動物好きがイチコロなのはわかる話だが、しかしこの状態では、二匹とも絶対に出てこないだろう。

それ以上に、目の前の男の正体が気にかかる。二匹に触れさせていいのかどうかも不明だ。琳の二股尾と玲の九尾に、最初こそ触れたものの、それっきり言及しないのも気にかかる。

「すみません。なんかビックリしてしまったようで、また今度にしていただけますか？」

ジャケットの下に隠れて出てこないですし……と、引き攣った笑みで応じる。権藤は残念そうに眉尻を下げた。

「あらそお？　残念だわ。じゃあ、これ、お名刺」

ポケットから名刺入れを取り出して、サッと差し出してくる。受け取ったそれには、トリミングサロンのロゴと、名前の肩にチーフトリマーと記載されていた。裏返すと、今度は経営母体と思われる社名と、代表取締役の肩書きが記載されている。両面印刷で、裏と表を使い分けているようだ。

「こーんな可愛い子ちゃんなら、ただでトリミングしてあげるから、いつでもいらして。刑事さんお忙しいから、なかなかサロンにも連れていってあげられないでしょう？　夜中でも結構よ」

刑事と言われて、桜川は目を瞠《みは》った。権藤は、「いやねぇ」とウインク。もはや桜川は冷や汗しか出ない。

「そのバッジ。今日、いやってほど見たから」

桜川のスーツの襟の赤いバッジ――S1S《Search 1 Select》とデザインされた、捜査一課の刑事であることを示すものだ――にチラリと視線をやって言う。捜査本部を出てきたときに外し忘れていたことに今さら気づいた。

自分が警察に呼ばれていたことを知っているのだろう？　と、権藤の目が尋ねている。だが、はっきりと口には出さない。

「じゃあね。さすがに疲れたから、失礼させていただくわ」

プロレスラーのような体格の男が、「じゃあね」とにこやかに手を振って去っていく。若干内股《うちまた》で。

「……」

なんともいえない威圧感が去って、桜川はホーッと肩の力を抜いた。

さて、腹に潜り込んで頑として出てこないチビすけたちを、どうしたものか。

「琳、玲」

呼んでも返事がない。

腰のあたり、小さなふくらみをそっとなでてやる。ここで丸くなっているのは琳だ。内ポケットのなかには玲。

「悪かったな、嫌な思いさせて。帰ろうか」

返事はないが、布越しに感じる温《ぬく》もりを撫《な》でながら、その場をあとにする。動物病院の駐車場に屯《たむろ》していた連中は警察官に追い払われたらしく、いつの間にか静かになっていた。警官がこちらの騒ぎに気づいたら厄介だと思っていたが、気づかないまま交番に戻ったようだ。

深夜の住宅街をゆっくりと歩いて、月神家に戻った。

妙に暗いと思ったら、今日は暗月だ。二匹の妖力《ようりょく》が、いつもより弱まっていたのかもしれない。

桜川が月神家の玄関前に立つと、自然と玄関灯がともった。カララ…ッと、ひとり勝手に引き戸が開く。

廊下の電気がともり、その奥のリビングの明かりもひとりでについて、この家に存在する者たちが、主《あるじ》の帰宅を出迎えていることを桜川に教える。

リビングに入って、ソファにゆっくりと腰を下ろし、スーツのジャケットの前をそっと開く。まずは腹の上で、仔猫琳が顔を上げた。緋眼が潤んでいる。

「桜ちゃん！」

ネクタイを伝ってワイシャツの胸をよじよじと登ってきて、桜川の首のあたりで身を縮める。

　よしよしと撫でてやると、逆立っていた黒毛がようやく落ち着きを取り戻した。

　すると今度は、内ポケットから、玲がおずおずと顔を出す。耳が出て、目が出て、それからようやく顔の全部が現れる。指先で額を撫でてやると、ポケットを飛び出して、琳とは反対側の肩の上で丸くなった。

　左右の首筋に触れる小さな毛玉が愛《いと》おしい。だが、肩の上では撫でてやることもできない。

　まずは琳を膝に降ろし、それから玲も。膝の上の二匹を両手で包み込むように抱いて、ゆっくりと撫でつづける。

　スーツのジャケットを脱いでネクタイをゆるめ、ようやくひとつ息をついた。

「あれは、なんだったんだ？」

　いったい何が起きたのかと呟く。権藤はいったい何者なのだ？

　権藤が二匹の正体を見抜いたのは、自分という前例がある限り、納得できないことではない。だが、権藤の記憶を消そうとした二匹の妖力が、まるで何かの力によって散らされたかのように収縮してしまった、あの現象はいったい……？

　桜川の大きな手の指の間から、琳がぴょこりと耳を立てた。桜川の掌《てのひら》に頭を擦《こす》りつけて甘える。

「あの男、もしかして妖怪《ようかい》なのか？」

尋ねたつもりはなかった。この状態の二匹に、答えを期待しても無駄だと思っていたのだ。——が、桜川の手のなかで、二匹は思ったより早く回復したようだった。

「違う」

琳がぴるるっと耳を震わせた。緋眼《ひがん》を上げて、「間違いなく人間だ」と言う。

「もう大丈夫なのか？」

回復したのか？　と小さな額を撫でると、琳は「大丈夫じゃない！」と不服気に声を上げた。

「すっげー気持ち悪かった！」

いかに嫌な思いをしたかを、長い尾を立て、小さな口を目いっぱい開けて訴えてくる。

どこかを痛めたわけではないようだ。

「なんかやられたわけじゃないのか？」と、小さな軀《からだ》を抱き上げ、べろーんと伸びた仔猫の軀をためつすがめつして確認する。琳は「なにを？」と緋眼をぱちくりさせた。

「いや……すごいダメージ受けてたから」

エネルギー衝撃波を食らったとか、そういうことではなかったのか？　と尋ねると、琳は「そういうんじゃなくて！」と小さな牙《きば》を剥《む》いた。

「すっごい気持ち悪かったの！　あいつ、嫌い！」

とにかく気持ち悪かったと訴える。

まぁ、ある意味、それは桜川も同感ではあるが……自分がハンティング対象でなかったのは不幸中の幸いだ。

だが琳の言う気持ち悪さは、そういう意味ではない様子。桜川の腹に逃げ込んでいたのも、恐怖を感じてのものではなさそうだ。

「そうか……」

では権藤のいったい何が二匹の癇《かん》に障《さわ》ったのだろう。

琳を膝《ひざ》に降ろすと、何やら考え込んでいた玲が、ポツリ……と呟いた。

「験力《げんりき》だった」

「験力？」

桜川の問いに答えるでもなく、玲は自身に納得させるように再度言った。

「あれは妖力じゃない。験力だ」

それからようやく、桜川の問いに答えてくれる。聞こえていなかったわけではないらしい。

「修験者が修行で身につける力のことだ」

「修験者？　山伏《やまぶし》のことか？　天狗《てんぐ》もそうだっけ？」

「天狗は修験道があがめる神のひとつだ」

山岳信仰と仏教に密教などの要素が加味されて確立した日本独特の宗教が修験道だ。日本各地の霊山を修行の場とする山岳修行者のことを修験者と呼び、厳しい修行によって得られる超自然的な能力を験力という。

だが、明治時代に入って修験道は禁止され、廃仏毀釈《きしやく》により信仰に関するものは破壊された。現代においては、各地の寺社にその名残が見られる程度だ。

「じゃあ、権藤は禁止されている修験道を極めたってことか？」

この二十一世紀に？　オネェが？　山にこもって修行して？　現世に戻ってトリミングサロン経営をはじめた？　……ありえない。

「いや……」

玲が何やら考え込む。

そして唐突に何かに思い当たった顔で金眼を瞠った。その横で、琳も緋眼をゆるり……と見開く。

「……っ⁉」

二匹が顔を見合わせる。

鼻先を突きつけ合うような近さで、互いの目の奥を見やって、互いが同じ記憶を有していることを確認する。

「あいつだ！」

「ああ」

琳の言葉に、玲が頷《うなず》く。

「嘘だろ？　なんで⁉」

死んだはずじゃないのか？　と琳が毒づく。

「普通の人間が何百年も生きられるはずがない……転生か？」

玲が、忌々《いまいま》し気に返した。

「知ってるやつなのか？」

数百年だか数千年だかの記憶に残っている相手なのか？　と問う。ひとつ息をついて落ち着きを取り戻し、答えたのは玲だった。

「その昔、俺たちを封印した修験者の生まれ変わりだ」

間違いない、と玲が歯ぎしりをする。

「封印⁉」

そんなことをされた過去があったのか？　と今度は桜川が目を瞠った。

「あの日の屈辱、忘れたことは……っ」

玲が小さな前肢《まえあし》を握って、ワナワナと震わせる。その横で琳が、「そうだよっ」と桜川に訴えてくる。

「玲はどうだか知らないけど、俺はなーんにも悪いことなんてしてなかったのに、封印なんて酷《ひど》くないっ⁉」

身振り手振りで説明しながら、琳が緋眼を吊《つ》り上げる。

猫又なんて、取り立てて人間に危害を加える妖怪ではないのに、追いかけまわされた挙句に封じられたと言うのだ。

「どういう意味だ？」

玲がおもしろくなさそうに琳を睨《にら》む。

「まんま」

琳は飄々《ひょうひょう》と返した。

「琳……っ」

玲が九尾を逆立てても、琳は「ホントのことだろっ」と強気だった。

「国すら亡ぼす大妖怪さまなら、そりゃあ厳重に封じられてもしかたないさ」

殺生石《せっしょうせき》伝説のことか。

九尾の狐は絶世の美女に変化《へんげ》して一国の王を惑わし、国を滅ぼした結果、討たれて石に封じられたとされているのだ。

鼻先を突きつける恰好《かっこう》で唸《うな》りはじめた二匹を、ひとまず右手と左手に引き離す。

「桜ちゃん！」

じたじたじた。仔猫《こねこ》がもがく。

「桜、放せっ」

九尾をぶわっと広げて、玲が睨んでくる。

それを無視して、桜川は二匹を胸に抱き、ソファにごろんっと転がった。ネクタイを引き抜いてソファの背に投げておく。

どこからともなく、枕代わりのクッションと、薄手のブランケットがふよふよと宙を移動してきて、クッションは桜川の頭の下に潜り込み、ブランケットがふわり……と身体の上にかけられる。

入れ替わりに、ソファの背に放ったスーツのジャケットとネクタイがふよふよと宙を移動していって、やはりどこからともなく宙を移動してきたハンガーにかけられる。そして隣室に消えた。

隣室から、スーツにブラシのかけられる音。ありがたいが、ブラシをかけてもらうほどの質のスーツでもない。

温かいブランケットのなか、琳と玲を腹の上に乗せて、「今日はもう寝よう」とふわふわの毛を撫《な》でる。

権藤の不気味さの理由がはっきりしたのなら、今日のところはそれでいい。犯人としては、桜川の心証はシロだ。それを踏まえて、明日《あした》からまた捜査にあたらなければ。

「エネルギー消耗しただろ？　明日の朝ごはんは、炊き立てのご飯でおむすびつくってやるから」

今にも喧嘩《けんか》をはじめそうになっていた二匹は、桜川に撫でられて、とろんと瞼《まぶた》を落とした。

「おむすびなんかで誤魔化されてなんて……」

うにゃうにゃと言葉が力を失くしていく。「はいはい」と小さな頭を撫でる。

人間が空腹になると苛々《いらいら》するのと同じだ。琳はただ「気持ち悪い」と言っていたが、権藤の験力に、そうとう消耗させられたのは間違いない。なんといっても九尾の狐を封印するほどの力なのだ。

「ん……」

琳が小さな耳をぴるるっとさせて頷く。玲はふわふわの尾をひと振りした。

おむすびは二匹の好物だ。あれはコンビニで買ったおにぎりだったが、出会った夜にわけてやったのが原因かもしれない。

腹の上の小さな温《ぬく》もりを撫でているうちに、桜川の瞼も重くなってくる。

刑事は徹夜に慣れている。一方でどこでも寝られる。そうでなければ務まらない。けれど、腹の上の温もりは、特別深い眠りを与えてくれるような、そんな気がした。

3

権藤が任意同行された翌日、朝の捜査会議でその旨が報告されたものの、もう一度呼ぶかどうかは議論の分かれるところだった。

このときにわかったことなのだが、院長や数人のスタッフのアリバイ証言者のひとりが権藤だったらしい。証言に自主的に応じることで、逆に自分のアリバイづくりに利用しようと考えたのではないか、というのが権藤に目をつけた班の言い分だった。

権藤を引っ張ってきた班の班長は、「自白させてみせる!」と息巻くものの、一方で桜川の直属上司である班長は、冷静だった。

「アリバイの裏がとれないからといって、決めつけられるものではないでしょう。真夜中にアリバイがはっきりしているほうがおかしい。ドラマじゃないんですからね」

犯行時刻は真夜中だ。そんな時間、呑《の》み歩いたり恋人と過ごしてでもいない限り、アリバイなどないのが普通だ。班長の指摘のほうが正しい。

ちなみに、家族の証言はアリバイに含まれない。だから、家族と一緒だったと答えても、アリバイは成立しないのだ。

結局、捜査を指揮する管理官の判断で、権藤を引っ張ってきた班に権藤の行動監視の指示が出され、その他の班には引き続きの捜査が命じられた。

桜川は、手元のリストにある名前を潰《つぶ》していく作業に、先輩刑事ともども、その日一日を費やすことになった。

ひとりひとりに、犯行当日のアリバイ確認を含めた聞き込みにまわったのだ。もちろん、被害者への怨恨《えんこん》感情や、病院や被害者の評判なども、話の流れのなかで上手《うま》く聞き出している。

当初の予想どおり、リストに並ぶ名前は、かすかなアタリのひとつもなく、すべて綺麗《きれい》に潰された。病院の患者の飼い主に、怪しい人物はいない、ということだ。

その旨は、夜の捜査会議で桜川が直接報告を上げた。コンビを組むベテラン刑事は、そういうことを面倒くさがる人で、捜査本部に組み込まれてからというもの、報告は常に桜川の役目だ。

だが、捜査範囲を絞るためのこういった確認作業に従事するのは、何も桜川ひとりではない。大半の刑事たちが、こうした人海戦術といえる地味な捜査に駆り出される。警察は組織力だ。人海戦術を用い、こうして可能性をひとつひとつ潰していくのが、捜査の基本なのだ。

捜査会議が終わったときには、時計の針はてっぺん近くを指していた。かろうじて日付が変わっていない程度だ。

他の刑事たちの目を盗んで、桜川はこの夜も捜査本部を抜け出した。琳と玲が、待っている。


捜査本部の置かれた所轄署から、現場となった動物病院までの道程《みちのり》の中ほどあたり、二十四時間営業のファミリーレストランに、ふたりの姿はあった。

琳は学ランのままだが、玲が一緒だから補導されることもないようだ。たぶん、学校がおわってすぐに店に来て、入れ代わり立ち代わり、女の子たちや琳に助《すけ》っ人《と》を頼みたい運動部関係者などから、あれもこれも奢《おご》ってもらっていたのだろう。あるいは、玲に寄ってくる女性が財布だったこともありえる。

長居されたところで、店側にとっては上客だ。文句などあろうはずもない。

桜川が迎えに立ち寄ったとき、テーブルにオーダーシートはなかった。すでに誰かが精算していったあとのようだ。

「おっそい！　待ちくたびれちゃったよ」

「……」

琳が表情豊かに口を尖《とが》らせる一方で、玲は無表情のまま。その目は手元の数学書に落とされている。

「ごめん。捜査会議が押したんだ」

スタート予定を一時間以上押してはじまった捜査会議は、終了時間もいわずもがな。

開口一番文句を言えるくらいなら、体調は問題ないようだと判断する。玲のクールな態度も、通常営業だ。

今朝、桜川が目覚めたとき、まだ腹の上で獣姿のままだった二匹だが、すっかり元気を取り戻したようで、すぐに人型に変化して、桜川手製のおむすびを一升分平らげた。昼間はちゃんと学校の授業も受けていたはずだ。

桜川も早朝から捜査会議が予定されていたため、待ち合わせだけして先に家を出ていた。持参した手製のおむすびを会議室に並んだ長机の定位置で食べていたら、「彼女か？」「結婚してたのか？」と、他班の捜査員たちに声をかけられ、あるいは揶揄《からか》われたが、詮索《せんさく》されるのが面倒で、自分で握ったとは言わなかった。

朝、あれだけ食べたのに、学校では取り巻きの女の子たちに弁当を貢がせ、このファミレスではいったい合計いくらになったのか。

妖怪《ようかい》の胃袋は底なしだ。もしかすると、本当は人間の食べ物では満足できないのではないか、とすら思わされる。

ファミレスを出て、まだ暗い月明かりのなかを歩く。スペースがあれば、ふたりはたいてい桜川の左右にいるが、歩道の幅に制限があるときは、琳が桜川にじゃれつき、玲は一歩後ろに退《さ》がる。

「数学書読みながら歩くな」

転ぶぞ、と玲を注意すると、妖怪が転ぶわけがない……とでも言わんばかりに眉間《みけん》に皺《しわ》が刻まれた。それでも、桜川の言うことは聞いて、分厚い数学書を閉じる。

「桜ちゃん、夜食もおむすびな！」

「また一升にぎるのか……。デカイの一個じゃダメか？」

「ダメ！　ものにはちょうどいいサイズってのがあるんだから！」

労働報酬を要求してくる。目的を果たして月神家に戻ったころにはちょうど朝食どきだろう。

「わかったよ」

そんなやりとりをしている間に、動物病院の看板が見えてきた。今日は、屯《たむろ》する若者の姿もないようだ。近所の交番が、巡回の頻度を高めたのかもしれない。だとしたら、短い時間で済まさなければ。

病院の裏口で、琳がぽんっ！　と仔猫《こねこ》に変化した。弾《はじ》けた勢いのまま、くるっとまわって桜川の肩に跳び乗る。

一拍置いて、反対側に仔狐がしゅたっと降り立った。

二匹の目が、同時に輝く。ややして琳が、「ちぇっ」と毒づいた。「やっぱ俺か」

「交通事故にあった重傷の犬と、生まれて間もない仔犬が三匹。去勢手術を受けた猫が二匹と、長期入院している老猫……このジイサン猫から話が聞けそうだな」

玲が端的に説明する。病院内部の様子を透視していたのだ。

「しょうがないな」

琳が桜川の肩から跳躍した。裏口のドアに向かって跳んで、ぶつかる！　と思った瞬間、ドアに溶け込むかのように姿が消える。ドアをすり抜けたのだ。

「とりあえず、なかは琳に任せよう。俺は周辺の住宅を探る」

飼い犬がいれば、話を聞けるかもしれないと桜川の肩で玲が言う。

「何軒か、犬を飼っている家があったはずだ」

玲を肩にのせて、桜川は事件発生当初から目をつけていた近隣住宅に足を向けた。最近は、家の外に犬小屋がある家は少ないから、吠《ほ》え声でもしない限り、外から犬の存在はわかりづらい。一応、猛犬注意のステッカーもチェックしておいたが、こちらは本当か嘘かわからない。セールス撃退のために貼っている家もあるからだ。

都会では、夜中に犬の散歩をする人は意外と多いものだが、殺人事件の起きた現場近くだからか、人影はなかった。病院の前の通りを散歩ルートにしていた飼い主のなかには、事件発生後にルートを変更した人もいるはずだ。

動物病院から徒歩五分圏内に、庭に犬小屋の置かれている家が二軒、猛犬注意のステッカーが一軒あった。猛犬注意のほうは、ひと目見て「おかざりだ」と玲が素通りする。犬はいないという意味だ。

次の一軒は、外に犬小屋があるものの、そこに犬の姿はなかった。以前は使われていたのか、あるいはたまたま飼い主と一緒に家のなかにいるのか。

しばらく家のなかの気配を探っていたものの、玲は「次だ」と、もう一軒へ。最後の一軒の庭を門扉から覗《のぞ》くと、そこに立派な犬小屋があった。大きなケージのなかに、木製の小屋が置かれている。

「シェパードか……話を聞けそうだな」

呟《つぶや》いたかと思ったら、玲の小さな軀《からだ》が肩から跳躍した。門扉を跳び越え、犬小屋のある庭へ。だが、番犬だろう、大型犬が吠えることはない。

門柱の陰からうかがっていたら、犬小屋のなかで寝ていた大型犬が、目の前に降り立った玲に驚いて、すっくと起き上がるのが見えた。足元の仔狐に、傅《かしず》いて頭《こうべ》を垂れているかのように見える。

あの犬には、玲の真の姿が見えているのだろう。だから、畏敬《いけい》の念を表しているのだ。

妖怪とはなんだろうかと、二匹と出会ってから、桜川はときおり考える。なぜ自分にだけ二匹の正体が見えるのかという問題以前に、彼らはいったいなぜこの時代に覚醒《かくせい》したのだろうか。

遠い昔、人と神や妖《あやかし》の境界線が曖昧《あいまい》だった時代というのは、たしかに存在したのだろう。陰陽師《おんみょうじ》が権勢をふるった平安の世なのか、戦国の時代にもそうだったのか、わからないけれど、今琳と玲が桜川を受け入れているように、人間と妖が共存できた時代が、きっとあったのだろうと思う。

そのころの人間は、今よりずっと鋭い感性を持っていて、自然や妖を神とあがめながらも、もっと身近なものとして感じていたのではないか。

そんなことを考えながらも、妖狐《ようこ》と猫又について、詳しく調べようという気持ちはないのだ。

二匹が自分を受け入れたのがただの気紛《きまぐ》れだろうと、都合よく使える人間を見つけただけだろうと、どうせ人間と妖の寿命は違うのだから、自分が生きている間くらい、ずっと騙《だま》してくれたらいいと思う。

そうしたら、人とはちょっと違う人生を、まっとうできるように思うのだ。楽しくて、充実した人生だ。

ようは、桜川は、この状況を結構……いや、かなり気に入っている、ということだ。

「桜！」

シェパードから話を聞き終えた玲が、ぴょんぴょんっと跳ねて肩に戻ってくる。

「わかったぞ、事件の原因」

「なんだって？」

「琳もきっと同じ情報を得ているはずだ」

急いで戻ろうと言う。

「わかった」

金眼を輝かせたままの玲を肩に、桜川は急ぎ動物病院に戻った。

「琳！」

建物の外から呼ぶと、先ほど消えた裏口のドアを潜り抜けるように、琳が飛び出してくる。

「ヤバイ話、いろいろ聞けたぞ！」

長期入院している老猫は、この動物病院に世話になるようになってもう十年以上の常連で、被害者よりも病院歴が長いという。その老猫が、「嘆かわしい」と、隠された実態を語ったというのだ。

二匹が動物たちから聞いた情報を統合して、桜川は眉間に深い皺を刻んだ。

「なんてことを……」

思わず毒づくと、琳が「だろ？　ひどいだろ⁉」と、同意を求めるように桜川の顔に跳びついてくる。

「琳、爪が痛いぞ」

仔猫の爪は、結構痛いのだから。

「悪事は、まったく水面下に隠されている。証拠を集められるか？」

桜川の耳元で、玲が冷静に言った。

「人間のやることに、まったく痕跡《こんせき》が残らないなんてことは、ありえないよ」

今回の事件において、たまたま死角になっていただけのことで、事件への光の当て方を少し変えてやれば、真相が浮彫になるはずだ。

人海戦術方式をとる警察捜査において、歯車になる覚悟は必要だと思っている桜川だが、だからといって大筋から外れることを恐れる気はない。

「単独捜査するのか？」

出世できなくなるぞ……と、どこで仕入れた知識なのか、琳が生意気なことを言う。

「そもそも俺たち現場の刑事は、出世とは無縁なんだよ」

人の役に立ちたくて警察官になった。その気持ちは、本庁捜査一課に登用された今も、変わっていない。

「貧乏籤《びんぼうくじ》だな」

玲が呆《あき》れた声で言う。桜川は「大当たりだよ」と微笑んだ。

「おまえたちのおかげで、事件が解決できそうだよ、ありがとう」

もしかしたら、二匹の協力なくしても、どこからか事件解決の糸口が見つかっていたかもしれなかったけれど、今一番心を痛めているだろう、動物たちの声を聞けたのは、ふたりのおかげだ。

「約束、忘れてないだろうな」

玲がふわふわの尾で桜川の耳を擽《くすぐ》る。

「焼肉焼肉！」

琳が肩で飛び跳ねた。

欲望に忠実なのは、妖怪の特徴なのだろうか。結局二匹は、餌目当てで桜川に協力しているにすぎない。それでも、一度口にしたことを反故《ほご》にしない誠実さは持っている。だから自分も、職務をまっとうしなくては。

「忘れてないよ。でも、犯人を逮捕するまで待ってくれ」

そう時間はかからないと思うから……と二匹を宥《なだ》める。

指先で喉《のど》を撫《な》でてやると、琳が気持ちよさそうに目を細めて、ゴロゴロと喉を鳴らした。

玲は反対側の肩で、くああ…っと欠伸《あくび》をする。もう明け方近い。

「帰ろう」

仮眠をとって、朝ごはんをつくって、捜査に出なくては。今回の事件に関してもっとも話を訊《き》くべき存在が、いつ姿を晦《くら》ますとも限らない。

被害者の携帯電話には、それらしい着信記録やメール送受信の履歴はなかった。とすれば、別の端末を使っていた可能性がある。

被害者の自宅は遺留品班が調べたはずだが、あくまで被害者だから、徹底的に調べられなかった可能性がある。今からでも、何か出るかもしれない。だが、被害者宅を調べるには、上司の許可が必要だ。まずは許可を得るための、証言をとらなくてはならない。

該当人物の名は、動物たちに尋ねなければ、きっと出てこなかったろう。被害者以外に知っているのは、真犯人のみと思われる。

――権藤は、どうかかわっているんだ？

近所で店を経営しているのだから、聞き込み対象のひとりであるのは当然のことだ。いくつかの証言をしているといっても、特別なことではない。

動物たちの口から権藤の名は出なかった。真犯人の名も出なかった。だが、キーパーソンの名は挙がった。

琳と玲が話を訊いたのは、普通の動物だ。病院内の入院スペースから駐車場は見えないのだから、真犯人がわからなくてもしかたない。動物たちが語ったのは、被害者の裏の顔についてだ。

「桜ちゃん、お風呂《ふろ》……」

妖力《ようりょく》を使って疲れたのだろう。昨日、権藤の験力《げんりき》にあてられた影響が、まだ抜けきっていないことも考えられる。自宅についた途端、琳がこてんっと眠りに落ちた。肩から落ちかかった小さな軀を慌てて受け止める。反対側で、玲もこっくりこっくり……船を漕《こ》いでいた。

仔猫や仔犬が、遊んでいたかと思ったら、唐突に寝に落ちるのと同じだ。前世の記憶があるために、強い妖力を操る二匹だが、軀はまだ赤子同然。人間換算でも、まだまだ少年だ。

スーツのジャケットに二匹をくるんで、そっとソファへ。二匹は丸くなって、陰陽マークのような恰好《かっこう》ですやすやと寝息を立てている。

今のうちに風呂を沸かして、米を研いでおこう。二匹が起きたら、ご飯を炊いている間に一緒に風呂に入って、艶々《つやつや》に洗ってやって、それからこの家に棲みつく連中と一緒に、一升分のおむすびを握るのだ。

「悪徳ブリーダー……か」

手帳に、動物たちが口にした名をメモっておく。

登録業者ではないだろう。動物取扱業の監督は自治体が行うが、正規のリストを当たっても出てくるとは思えない。

「前科者リストをあたってみるか……」

こういった犯罪者は詐欺などと同じように、同じ行為を繰り返す傾向にある。送検されていれば、ヒットするはずだ。

客間には、昼間干してあったのだろう、ふかふかの布団《ふとん》が敷かれていた。目に見えない存在に「ありがとう」と礼を言って、すやすや眠る二匹を胸に、布団に入る。たとえ一時間でも二時間でも、布団で寝られるのはありがたい。刑事は、タフでなければつづけられない。

胸の上の温《ぬく》もりから、じんわりとエネルギーが注ぎ込まれるような感覚を覚える。夢現《ゆめうつつ》に心地好《よ》い毛並みを撫でながら、桜川はひとときぐっすりと眠った。

翌朝、寝ぼけ眼の琳と玲を風呂で綺麗《きれい》に洗ってやり、一升分のおむすびを握ってやってから、桜川は誰よりも早く捜査本部に出勤した。

捜査本部には、さまざまなデータを扱う端末がいくつか設置されている。引き出せる情報は階級によって違ってくるが、前科者リストなら桜川にも扱える。

昨夜動物たちから琳と玲が聞き出してくれた名前を入力して、検索をかける。莫大《ばくだい》な前科者リストと照合するのは、少し時間がかかる。ほどなくして、検索結果が表示された。

該当一件。

「……！」

表示されたのは、陰湿な目つきをした中年男の顔写真入りのデータだった。前科欄には動物の愛護及び管理に関する法律――いわゆる動物愛護法違反のほかに詐欺と記されている。

動物取扱業の登録をしないまま繁殖した仔犬を売りさばき、果てには血統書の偽造までして純血種と偽って愛好家相手に販売していたらしい。売るほうも売るほうだが、買うほうも買うほうだ。

住所等の情報をメモして、検索画面を閉じる。履歴は消せないから、上司に見つかる前に、この男の身柄だけでも押さえなければ。その情報をどこから得たのかと問いただされれば、情報屋と答える以外にない。

ある意味、情報屋といえなくもない。情報料が、金銭ではなく食べ物になっているだけのことだ。

未登録ブリーダーの事務所を探し出すのは少々面倒だったが、警察の情報網を使えば、なんとかなるものだ。

捜査本部のたつ所轄署の管轄地域ギリギリの、繁華街の外れ。

探し当てた住所は、薄暗いビルの地下だった。以前はバーだったらしい。潰《つぶ》れたあと、格安で借りていたようだ。

エレベーターを降りると、看板もなにもないドアひとつだけ。

錆《さび》の浮いたドアを開けた途端、饐《す》えた匂いがした。正しく管理されていない、動物たちの匂いだ。劣悪環境で物のように扱われているのがわかる。

声を上げる元気もないのか、それとも何か薬を使われているのか、並んだケージのなかで、犬たちは生気を失った眼で、じっと桜川を見ていた。

違法ブリーダーの男は、桜川の顔を見るなり逃げ出した。よし！　と胸中で拳《こぶし》を握る。

刑事の顔を見て逃げ出すのは、なにかやましいことがあるからだ。そこをきっかけに追及することができる。うまく拳のひとつも振るってくれれば、公務執行妨害で引っ張ることができる。

公安がよく使うやり口だが、それは触れてもいない肩が触れたとか、自分で転んでおいて足をひっかけられたとか、因縁をつけるやり口だ。

もちろん桜川は、そういうやり方は好まない。事実、公務執行妨害になるように、仕向けるだけだ。

ひたすら人がいいだけでは捜査一課の刑事にはなれない。ある程度のしたたかさも求められる。

「待て……！」

あたふたと逃げる男を、学生時代に陸上と水泳で鳴らした脚力と体力を武器に追いかける。

逃げる男は、途中で手近にあったゴミ箱を投げつけ、花屋の店頭の鉢植えを蹴飛《けと》ばし、手近なブーケを投げつけてくる。これで逮捕理由ができた。

ストライドの長さもあって、男が赤に変わろうとする信号に飛び込む前に、確保することができた。

襟首を掴《つか》んで引き倒す。男が悲鳴を上げた。

「なんで逃げる!?」

うつ伏せに対して後ろ手に腕を固め、背中に膝《ひざ》をのせ体重をかける。逮捕術の基本だ。

男はもがくこともできず、呻《うめ》いた。

「小関アニマルクリニックの事件、知ってるな!?」

男の顔色が変わった。ビンゴだ。

「話を訊かせてもらおうか」

腕をぐいっと絞めると、男が悲鳴を上げる。

「い、痛いっ！　痛いっ！　肩がはずれる！」

嫌なら知っていることを全部喋《しゃべ》れと、無言の圧力。

「お、俺じゃない！　俺はやってない！」

殺してなどいないと叫ぶ。通行人が、いったい何事かと足をとめ、遠巻きに野次馬の輪をつくった。

こういうときは、さっさと通り過ぎてくれるのが本当はありがたい。何かの拍子にまき込まれでもしたらどうするのだ。自分で責任を負う気もないままに、危険に近寄るのは危機管理能力の欠如としかいえない。

「そういう話は、署で聞かせてもらう」

片手で男を押さえ込みながら、携帯電話を取り出し、捜査本部ではなく直属上司に連絡をとる。

「桜川です。車を一台まわしてください」

重要参考人を確保しました、とつづけると、上司は「コソコソやってると思ったら」と大きなため息をつきながらも、「五分待ってろ」と応じてくれた。

両手にレジ袋を提げて月神家を訪ねた桜川を、まずは琳が唖然《あぜん》とした顔で出迎えた。めずらしくふたりとも人間の姿だ。

「休みの日や夜間に病院の設備を勝手に使って、臨月前に帝王切開で無理やり仔犬を取り出したり、とにかくあくどい事をしていたらしい。ブリーダーからの報酬で、ギャンブル代金を賄ってたみたいなんだ」

桜川が見つけ出した悪徳ブリーダーは、被害者の隠された一面に関して、取り調べに当たった刑事に求められるままに供述した。

「その男の話だと、被害者は用心深いやつで、院長も病院のスタッフも知らなかったらしいんだ。そのブリーダーとの連絡に使ってた端末はまだ発見されてないけど、明日《あした》再度家宅捜索が行われることになったよ」

キッチンに立ちながら、ふたりに協力してもらったその後の報告をする。今晩の献立はポークジンジャーと山盛りキャベツサラダ、蓮根《れんこん》のきんぴらに小松菜と油揚げの味噌汁《みそしる》、もちろんご飯は一升炊き。

「皿をとってくれよ」というと、桜川の背後で腕組みで仁王立ちする琳ではなく、食器棚の皿がひとり勝手にやってくる。ポークジンジャーを盛りつけるのに、ちょうどいいサイズの平皿だ。

「で？　そいつ捕まえたのは桜ちゃんなのに、なんで今ここにいるんだよ！」

その男の取り調べはどうした！　と、琳が我慢も限界だとばかりに肩を怒らせる。報告はいい。犯人逮捕はどうしたのだ？　と形のいい大きな瞳《ひとみ》を吊《つ》り上げる。

「はは……勝手をしたから、管理官が怒っちゃって外されちゃった……」と頭を掻《か》く。

あのあと、悪徳ブリーダーを捜査本部に移送したまではよかったが、単独捜査をした責任を追及され、捜査本部から外されないかわりに、男の取り調べを他班に譲ることになってしまった。班長がそれで手を打ってくれたのだ。

「バッカじゃないのか！」

のこのこ帰ってきてんじゃねぇ！　と、琳が絶世の美貌《びぼう》で口汚くののしる。黙ってニッコリと笑っていればそこらのアイドルなど目じゃない可愛らしさなのに、まったくもったいない。

「つくづくお人好《よ》しだな」

玲が冷やかな口調でバッサリ。こちらも、その昔一国を滅ぼしたと伝えられる絶世の美女に化けただけのことはあって、琳とはまた違ったタイプの美貌の持ち主だから、クールな物言いがグッサリとくる。

「ひどいなぁ、ふたりとも」

しょうがないではないか……と肩を竦《すく》めると、「納得してんなよっ！」と、琳が毒づく。

ぽんっ！　と弾《はじ》ける音がしたかと思ったら、小さな爪を出した仔猫《こねこ》が顔面に跳びかかってきた。

「いたたたたっ！」

容赦なく引っ掻かれて悲鳴を上げる。だから、仔猫の爪は意外と痛いのだと言っているのに。

首根っこを掴んでひっぺがす。

仔猫琳は納得のいかない顔で爪を出したまま、くわっと小さな口を開けた。ピンク色の口に小さな牙《きば》が愛らしい。

「また、妙な女と付き合ってるのか、って先輩に揶揄《からか》われるだろう」

顔面に爪痕《つめあと》は勘弁してほしい。

「自業自得だっ」

またも、ぽんっ！　と弾ける音がして、首根っこを掴んでいたはずの琳が、懐で男子高校生に姿を変える。間近に迫る美貌に見惚《みと》れる間もなく、ぐいぐいとネクタイを引っ張られ、首を絞め上げられた。

「琳、力加減して……死ぬからっ」

降参してようやく、琳が手を放す。

「ったく、これだから万年ヒラなんだ」

可愛い顔で容赦ない。学校の女の子たちの前では完璧《かんぺき》な猫を被《かぶ》っているくせして、桜川の前ではこうなのだ。

「あのね、巡査部長の上は警部補なの。そう簡単に上がれないの」

たしかに巡査部長は、下から二番目のヒラだが、ノンキャリアの刑事がそのうえの警部補に昇進するのは、実は結構大変なことなのだ。

「桜に期待するな、琳。こいつが管理職になったところで、下の連中が苦労するだけだ」

玲の指摘が痛いが、自分でもそう思うだけに反論の余地もない。

興味のないふりをして、玲は玲なりに桜川が取り調べ担当から外されたのが、気に食わないらしい。

なんだかんだと言いつつ、ふたりとも桜川を心配しているのだ。

「ありがとう。でも俺は、事件が解決すればそれでいいんだよ」

妖怪《ようかい》に心配されるって相当だな……と胸中で苦笑する。

「建前じゃないから、救いようがないな」

玲が数学書を閉じて顔を上げた。

「ほんっとに人間はバカだ」

ブツブツ言いながら、琳がダイニングテーブルにつく。テーブルセッティングがちょうど終わったタイミングだ。

「ちゃんと手を合わせて」

見本を見せるように手を合わせると、「わかってるよ」と琳も、そして玲もそれに倣う。

「いただきます！」

ご飯を前に、ふたりのご機嫌は急上昇した。

ふたりは獣姿のときとはまるで別人の綺麗《きれい》な箸《はし》使いと上品な食べ方で、しかし見る見る料理を胃に納めていく。

ふたりのこの顔が見られるのなら、刑事の安月給の懐が多少寂しいくらい、大した問題ではない。

「犯人の目星、ついてるんだろう？」

食べ進める途中で、玲が話を振ってくる。琳が、興味津々と視線を向けた。

「まぁね。あの人以外に考えられないし」

そのあたりも、担当の班がまさしく今捜査しているところだろう。鑑識も、それまでとは違った角度から、物証を洗い直しはじめているはずだ。

「自然の摂理を歪《ゆが》めたうえに、生き物の命を軽んじた罪は重い」

そんなサイテー野郎のために、犯人は罪を負うのかと玲が問う。

「でも、だからといって殺されていいことにはならないんだよ、人間社会ではね」

情状酌量の余地があったとしても、罪は罪だと諭す。

「めんどくさ」

ポークジンジャー一枚をペロリとひと口で平らげて、琳が毒づく。

ふたりの素直な言葉と反応が、事件捜査の最前線に立つ桜川には、ある意味救いに思えた。

桜川の携帯電話が着信を知らせたのは、夕飯の片付けをしているときだった。

プライベートのスマートフォンではない。官給品のほうだ。常にマナーモードに設定されているため、久しく着信音を聞いた記憶がない。

『すぐに出てこい』

通話ボタンを押すなり鼓膜に届いた聞きなれた声は、直属上司のものだった。

「いいんですか？」

自分は半ば謹慎の身では？　と確認をとる。班長は『それどころじゃねぇ』と吐き捨てた。

『小関が権藤を人質に立てこもった』

いったいどういう経緯でそんな事態に陥ったのか。詳しい説明はないが、ともかく緊急事態であることには違いない。

「小関院長が!?　……すぐに向かいます」

立てこもり事件ともなれば、人手が必要となる。謹慎だ責任だと、言っている場合ではなくなったのだ。

『権藤の店だ。十分で来い』

最低限の情報だけ告げて、通話が切られる。

十分とは、また無理を言ってくれる。

「桜ちゃん？」

夕食後のデザートにアイスキャンディを頬張っていた琳が、「なんかあったのか？」と尋ねてくる。

「小関院長が、権藤を人質にとって、店に立てこもったらしい」

桜川の説明に、夕食後もそのまま、ダイニングテーブルで数学書を広げていた玲が顔を上げた。

「人質？　あの男が？」

ありえないと、言わんばかりの反応。

だが、窮鼠《きゅうそ》猫を嚙《か》むではないが、追い詰められた人間は何をするかわからない。腕に覚えのある人であっても、凶器を向けられたら怯《ひる》むのが普通の反応だ。

「担当した刑事が下手を打ったということか」

玲が辛辣《しんらつ》に吐き捨てる。

たぶん玲の言うとおりなのだが、桜川の立場としては同意するわけにもいかない。

「せっかく協力してもらったのに、悪いな」

行ってくるよ、とエプロンを外してジャケットに袖《そで》を通す。ダイニングを出ようとしたら、封を切ったばかりのアイスキャンディをひと口で胃に納めた琳が、「俺も行く！」と獣姿に変化して肩に跳び乗ってきた。

「俺も行く」

数学書を閉じた玲も、仔狐姿で反対側の肩へ。

「おまえたち……そんなに俺のこと……」

思わずじーんっと感動した桜川に対して、琳が「当然だよ！」と高い声で言う。

「せっかくの桜ちゃんの出世の機会を潰《つぶ》してくれたやつらに、オトシマエつけなきゃ気が収まらないよ！　お給料あがったら、もっと美味《おい》しいもの食べられるのに！」

そっちか……。

「早く警視くらいに出世しろ。もっと旨《うま》い米が食いたい」

玲が無茶を言う。毎食一升平らげておきながら、言うセリフか。

「二十年後くらいにはなれてるかもな」

適当に返しながら家を出る。

「時間かかりすぎだ」と、玲。

「妖怪の寿命は長いんだから、二十年くらいいいだろう？」

定年まで現場にいる計算だ。

「桜ちゃん、オッサンになっちゃうぞ」

二十年待たなくてもオッサンにはなる。

「おまえらの力でアンチエイジングに協力してくれ」

そんなくだらないやりとりを交わしている間に、二匹の妖力《ようりょく》であっという間に現場近くに移動していた。

いきなり鼓膜に喧噪《けんそう》が飛び込んでくる。

目に眩《まぶ》しい赤色灯。パトカーの数に驚いたのだろう、なにごとかと様子を見に来た野次馬を、規制線を張って制する警察官たち。

事件発生直後、所轄署のパトカーというパトカーが集まってきているのではないか、と思わされる状況が、《小関アニマルクリニック》と権藤のトリミングサロンの入ったビルの周辺を取り囲んでいた。

桜川が「隠れてろ」と言うより早く、琳と玲は左右にわかれてスーツのポケットに身を隠す。権藤の験力《げんりき》にあてられたときの反省があるのだろう。

ちょこん！　っと、小さな耳が見えているのは、外の様子を覗《のぞ》きたいからだ。その小さな頭を左右ともぐいっとポケットに押し込んで、桜川は身分証を提示し、規制線を潜った。

所轄署の地域課勤務だろう、若い巡査が敬礼をしてくれる。敬礼を返して、「どうなってる？」と尋ねた。

「本庁から、SITが出動したと連絡が入ったそうです」

SITだと？　と苦々しく思いながら、「ありがとう」と大股《おおまた》に進んで、同班の捜査員たちが集まっている後ろ姿を見つけた。

SITというのは、刑事部所属の特殊部隊のことで正式名を特殊犯捜査係《Special Investigation Team》という。警備部所属のSAT——特殊急襲部隊《Special Assault Team》とは別物だ。SATが対テロやハイジャック事案などを専門に扱うのに対して、SITは誘拐や立てこもり事件などを扱う。

犯人制圧を目的としたSATと、犯人逮捕を大前提とするSITでは、部隊の質がまるきり違うが、しかし捜査本部が立っている状況で、強行犯係がロクな交渉もしないうちにSITの登場とは……いったい誰の発案だ？　さっさと始末をつけてしまいたい管理官あたりか。

「遅くなりました！」

ひとをかき分けながら駆け寄ると、振り返りもせず直属上司からの声が飛ぶ。

「十分で来いといっただろ」

案の定の叱責《しっせき》。理不尽なものではなく、警察官としての姿勢を問う上司の愛情だとわかっているから、桜川も素直に「すみません」と頭を下げる。口の悪い上司との、これもコミュニケーションだ。

「どうなってるんですか？」

権藤の店の前を囲むようにパトカーが止められ、野次馬の視線を塞《ふさ》いでいる。すぐにメディアも駆けつけるだろうが、騒ぎが小関を刺激でもしたら目も当てられない。

立てこもりはひじょうに繊細な事案だから、すぐに報道規制が敷かれるだろうが、それに縛られない素人の野次馬連中が一番厄介だ。

昨今では、ど素人でもいっぱしの画像をインターネットに投稿することができる。それが捜査の邪魔になると、考えなしにする連中も問題だが、捜査の邪魔をしようと悪意を持ってする連中がいるのがもっと問題だ。

「どうもこうも。おまえから仕事奪っておきながら、下手打ちやがった」

院長の捜査を担当していた捜査員たちがミスった結果のこの状況。まさしく玲の指摘どおりだ。

「思ったとおりだな」と毒づく冷やかな声が聞こえて、桜川はポケットの上から軽く叩いた。「静かにしていろ」という合図だ。

班長の乱暴な説明を、ベテラン捜査員が補足してくれる。

「小関院長に話を訊《き》きに行ったらしいんだが、パニックに陥った院長がメスをふりまわして逃げて、ちょうど権藤が店から出てきたところに出くわしたんだ」

で、そのまま権藤の店に立てこもった、と。

捜査会議の資料写真で目にした、小関院長の顔を思い起こす。人の好《よ》さそうな、およそ犯罪とは無縁の人生を歩んできた善良な市民、という印象しかない。

だが、そんな善良な人でも、道を踏み外すのは、思いがけず容易《たやす》いことなのだ。いや、善良な人だからこそ、犯してしまった罪と、言えなくもない。今回の事件には、深い理由がある。

「動物たちを思うあまり、衝動的に犯してしまった犯罪だと思えます」

だからといって許されることではないが、最悪の事態になるまえに、院長を説得することはできるはずだ。

「例のブリーダーが全部ゲロったからな。裏は取れてる。計画的犯行ではなかったんだろうが……」

班長の目が、指揮車に向いた。やはりＳＩＴの出動を要請したのは管理官のようだ。桜川同様に、忌々《いまいま》しく思っているのが表情でわかる。

「ＳＩＴ到着まで、あと五分ってところですね」

「ああ……」

班長が「十分ないな」と腕時計を確認する。

「自分、ここにいなかったことにしてもらえませんか？」

桜川の要請に、班長は「何をする気だ？」と眉《まゆ》をひそめた。他の捜査員たちも、怪訝《けげん》そうな顔をする。

「このまえ、ビルの周囲をまわったんですが、店の裏口がありました」

そこから店に侵入できれば、なかの様子がわかる。

桜川は、そこで琳と玲を店内に放つつもりだが、それは言えないから、「説得を試みます」とだけ返す。

病院のカルテの名簿を、桜川は聞き込み捜査で虱潰《しらみつぶ》しにした。そのときに、患者の飼い主たちから様々な話を聞いた。誰もが「動物思いのいい先生だ」と言った。悪い評判は聞こえてこなかった。

琳と玲が話を聞いた動物たちからも、院長を悪く言う声は聞こえなかった。病院嫌いの動物たちにとって獣医は天敵のはずだが、「あの先生は好き」と答える者もいたらしい。

そうした声をきっかけに、院長を説得できるのではないか。

ＳＩＴにすべて任せてしまう気満々の管理官は、小関院長が立てこもった店内へ呼びかけてもいない。捜査員たちを美しく配置したところで、事件が解決するわけもないというのに。

「責任をとるのは俺の仕事だ」

桜川の話を聞いた班長が、「ペーペーが責任なんぞ取れるわけがねぇだろ」と吐き捨てる。「係長は嫌がるかもしれんがな」と、ニヤリと笑った。

すると今度は先輩捜査員たちが、目の前の桜川が視界に映っていないかのように話しはじめる。

「うちの下っ端は重役出勤か。どこほっつ いてやがる」

「また激しい女に捕まって、引っ掻き傷でもつくってくるんじゃないすか？」

「帳場がたってるっつーのに余裕だな、おい」

桜川がまだ来ていないと、周囲に印象づけるための小芝居ではあるが、正直意味はない。遊ばれているのだ。

さっきとは反対側のポケットから「にゃはっ」と笑う声。今度もポケットの上から軽く叩《たた》いて黙らせる。

「言っときますけど、あれは猫にやられたんですからね」

間違いなく、琳に引っ掻かれた傷だ。――が、琳の妖力のおかげで要らぬ誤解を生む。

「ずいぶんデケぇ猫だな」

先輩刑事が、猫の爪のサイズじゃないだろと笑う。

「どうぞお好きに」

桜川も、それ以上の説明は諦《あきら》めた。本当でも嘘でもどちらでもいいのだ。これは、同班に所属する仲間同士のコミュニケーションなのだから。

他班の捜査員たちの目を盗んで消えようとする桜川を、班長が呼びとめた。

「持ってけ」

主語がなくても、特殊車両を示されたことで意図がわかる。拳銃《けんじゅう》を携帯していけ、というのだ。小さな刃物一本を手に立てこもった犯人相手に拳銃？　それも管理官の指示だろうか。

「恰好《かっこう》だけだ」

持っていなくて、何かあったときに、その判断は正しかったのかと、余計な詮索《せんさく》をされなくてすむ。

「必要ないですよ。それに、間違って当てちゃったらどうするんですか」

凶器など持ちたくはないし、持つ必要もないと首を振る。万が一、人質に弾が当たったら、それこそ大問題だ。

「そんな腕じゃねぇだろが」

駆け去る桜川の背に、班長の苦笑が届いた。

桜川は、刑事に登用される前、ＳＰと機動隊の狙撃手《そげきしゅ》へのスカウト話を蹴《け》っている。狙撃手はもちろんのこと、ＳＰにも拳銃上級という採用条件があるのだ。――が、桜川にとってはまったく魅力的な話ではなかった。

「桜をフォローするぞ」

仲間の捜査員たちが、おのおのの考えで動きはじめる。上意下達の警察組織ではあっても、現場では臨機応変な捜査能力が求められるのだ。

すべてはＳＩＴが到着してから、という考えなのだろう、ビルの裏手に捜査員はまばらだった。

「捜一」の腕章を印籠《いんろう》替わりに捜査員たちの目を潜り、桜川は裏口にたどり着く。

「桜ちゃん」

琳がポケットから顔を出した。スーツの袖《そで》を伝って肩によじ登ってくる。

「なかから悲鳴が聞こえる」

「悲鳴？」

「動物の悲鳴」

ビルには猫カフェもテナントとして入っているし、権藤の店は閉店時間をすぎていたはずだが、動物がいたことも考えられる。あるいは、背後の動物病院からか？　いずれにせよ、動物たちはこの状況を嘆いているのだ。

「院長を説得する」

音をさせないように、裏口のドアをそっと開ける。

普通の捜査なら、特殊なカメラや感熱センサーなどで内部の様子を充分に探って、安全を確認してからでなくてはできないことだが、桜川には琳と玲がいる。

ドアの向こうは、従業員のための休憩スペースになっていた。その奥にロッカールームと水回り、反対側に物置、間の通路を抜けると、店に出られる。

「お願いよ先生、自首しましょう！」

店に通じるドアのところまできたとき、店内から声が届いた。権藤のものだ。

「情状酌量してもらえるように、私も証言するわ。だからお願い、妙なこと考えないで！」

オネェ言葉で、必死に院長を説得しようとしている。

「先生がどれだけ動物を大切に思ってるか、患者さんもスタッフもみんな知ってるわ。もちろん私も。だから妙だと思ったのよ、うちから紹介したお客様からクレームもらったときに。先生に限って、そんなこと絶対にあるはずないもの！」

桜川が言いたかったことを、代弁してくれている。

琳も玲も「気持ち悪い」と毛嫌いした男だが、悪い人間ではないのかもしれないと思えてくる。

「うるさいっ！　黙れ！」

返す小関院長の声は、上ずり、掠《かす》れ、震え、完全に我を失っているのが、顔を見ずともわかる。

「先生！」

「やめてくれ……！　もう……もう終わりだ……っ！」

どうしたらいいんだ……！　と呻《うめ》く声。頭を抱えて蹲《うずくま》っているのだろうか、声がくぐもって聞こえる。

権藤はいったいどんな状態にあるのだろう。拘束されているのだろうか。

「なかの様子、見えるか？」

尋ねると、玲がポケットから顔を出した。琳と同じように肩によじ登ってきて、じっとドアを睨《にら》む。金眼が輝いて、九尾がぶわっと広がった。

玲には千里眼の力がある。

ドアの向こうを見ることができるのだ。

「無理っぽいぞ」

ややして玲が、小さく毒づいた。

「完全にテンパってる」

小関院長が自分の首にメスを当てている、と聞いて、桜川は目を瞠《みは》る。

「くそっ」

説得の余地もないのか。

「すぐにSITが到着する。猶予はない」

拡声器などで話しかけたりしたら、すぐにでもメスで頸動脈《けいどうみゃく》を掻き切ってしまいそうだと言われて、桜川は腹を決めた。

玲に店内の位置関係の説明を求めると、桜川たちが身を潜めるドアに近い位置に権藤がいて、柱に両腕を括《くく》られているという。院長は、その柱の向こう側のソファで蹲って、メスを握り締め、頭を抱えているらしい。

「衝撃波で、権藤はどうなる？」

「あれだけの験力《げんりき》の持ち主なら、死にゃしない」

いっそ一緒に吹き飛ばしてやりたいが……と玲が剣呑《けんのん》なことを言う。琳も同意するように二股《また》尾を揺らした。ひとまず取り合わないでおく。

「店は？」

店ごと吹き飛ばされてはかなわない。

「破壊しないようにすればいいんだろ」

琳が面倒くさそうに答えた。

「でも、正面のガラスは吹き飛ぶと思う」

「その程度なら構わないよ」

「店内のものも、ちょっと壊れるかも」

琳がてへっと舌を出す。

「……粉々にならなきゃいい」

桜川が妥協した。

何かの衝撃で割れたとか、投げた物が当たったとか、いかようにも言い訳がつくレベルだ。——が、店ごと吹き飛ばされたら、ガス爆発クラスの言い訳を捏造《ねつぞう》しなくてはならなくなる。

「SITの車両が近づいている」

玲の千里眼が、タイムリミットを告げた。

「了解」

琳が前傾姿勢で黒毛を逆立てる。

「三、二、……」

桜川のカウントと、ゴーサイン。ドアを蹴破《けやぶ》る。

権藤が驚いた顔でこちらを見た。

小関院長は、抱えていた頭をゆっくりとあげる。虚《うつ》ろな目が、見る見る見開かれた。

琳と玲の妖力《ようりょく》が共鳴して、大きな光の玉となって見る間に視界いっぱいに膨む。

琳の緋眼《ひがん》がカッ！　と輝いたかと思ったら、巨大な光の玉が衝撃波となって一気に店舗を襲った。

店の前面の一枚ガラスが、衝撃に吹き飛ぶ。店の什器《じゅうき》が倒れ、商品が散乱する。

小関医長が手にしていたはずのメスは、衝撃波と一緒に吹き飛ばされて、壁に深く突き刺さった。

ここまで、ほんの一瞬。

瞬《まばた》きの間のできごとは、院長の目には映らない。何が起きたのかわからないままに、茫《ぼう》然《ぜん》と空《くう》を見つめるのみだ。

衝撃波の余韻が収まると、途端に外の喧噪《けんそう》が届いた。

「何が起きた⁉」

「店が爆発した！」

「人質と犯人の安否確認だ！」

桜川は、無線ではなく、班長の携帯電話に直接連絡をいれる。

「火は上がってません。ふたりとも無事です。捜査員を寄越《よこ》してください」

建物の外で警察があたふたする一方、衝撃で拘束が解けた権藤が、倒れ込んだまま茫然と動けないでいる院長に駆け寄って、助け起こした。

「先生、大丈夫？」

小関院長の目が焦点を結んでいない。

「ごめんなさい。私が嘘の証言で先生を庇《かば》おうなんて考えたから、余計に追い詰めちゃったのね」

権藤が証言した院長のアリバイは嘘だったのだ。それが巡り巡って自分が疑われる原因になろうとは、とうの権藤も考えもしないことだったろう。

すると、いったいどこに隠れていたのか、爪が床をカチカチ擦《こす》る音がして、小型犬が三匹現れた。キュンキュンと鼻を鳴らして、院長にすり寄っていく。すると今度は、店に設置されたキャットタワーの一番上から、大柄な猫が二匹飛び降りてきた。建てつけのキャットタワーだから、琳の衝撃波にも倒れなかったのだ。

「なぁう」

毛並みのいい大きな猫が二匹、小関院長と少し距離を置いてお座りをする。犬たちがいるから、それ以上近寄れないでいるのだ。

「ゆずってやれ」

玲が犬たちに命じると、院長にじゃれついていた犬が場所を譲って、猫たちが院長の膝《ひざ》にすり寄る。

ようやく焦点を結んだ院長の目から、ボロボロと涙が溢《あふ》れだした。

「この子たち、先生に命を救ってもらったこと、覚えているんだわ」

権藤が犬たちにお座りをさせ、背を撫《な》でてやりながら言う。権藤の店で暮らしている犬と猫のようだが、《小関アニマルクリニック》をかかりつけにしていたらしい。

「先生、罪を償って、戻ってきてちょうだい」

権藤の言葉に、院長は泣き崩れた。

まったく最後まで、権藤が桜川の出番を奪ってくれる。けれど、刃物を向けられた精神的ダメージはないようで、その点はよかった。

そこへ、複数の足音がして、刑事たちが店の入り口からなだれ込んでくる。その一瞬前に、桜川は裏口からとんずらした。

院長と権藤には口止めしなかったが、たぶん問題ないだろう。院長はきっと何も覚えていない。取り調べで、桜川の名が出ることはない。もちろん、その肩に愛らしい仔猫《こねこ》と仔狐が乗っていたことなど、語られるわけもない。

権藤の目は、一部始終を捉えていたように思うが、その問題を今この場で解決することは難しい。なにせ、権藤も警察で聴取をうけることになる。今度は、被害者として。さらには、犯人隠匿の罪でも。

鑑識捜査員たちは、盛大に頭上にクエスチョンマークを散らしながら、しばらくのあいだ無駄な徹夜作業に明け暮れることになるだろう。

本当に申し訳ないと思うのだが、これぱっかりはどうしようもない。

あんな大きな衝撃波でなくてもよかったのではないか？　と思ったものの、琳が「褒めて褒めて」と言わんばかりに、つぶらな瞳《ひとみ》で見上げてくるのを見たら何も言えず、桜川は言葉を呑《の》み込んだ。

ビルの裏手で身を潜め、腕に抱いた琳と玲の小さな頭を撫でながら、ようやくホッと息をつく。

旨《うま》いコーヒーが飲みたいと思った。月神家で、姿の見えない何某《なにがし》かが淹《い》れてくれるコーヒーが。

4

事件の発端は、小関院長が、信じて仕事を任せていたAHTの裏切りに気づいたことだった。

今回被害者となったAHTは、動物たちの視点に立てば、そもそも加害者だったのだ。悪徳ブリーダーと手を組んで、金目当てに小さな生き物たちの命を物のように扱い、不当な利益を得ていた。

強引な繁殖、劣悪環境での飼育、違法な販売。

月が満ちるのを待たず、自然分娩《ぶんべん》ではなく帝王切開で仔犬を取り出し、短い時間で少しでも多くの仔犬を繁殖させて、悪徳ブリーダーが売りさばくのに協力していた。

夜間や休日に、入院患者の世話をするふりで病院に入って、その資格もないのに動物たちにメスを入れていたのだ。

被害者は、そもそもは獣医志望だった。だが大学生のときに親が破産したことで授業料を払いつづけられなくなり、大学を退学。就職して、しばらく働いたのち、専門学校に行ってＡＨＴの資格を取った。ＡＨＴの資格がなくても、現場経験があれば動物看護師として働けるそうだが、やはり就職が厳しい昨今、資格があったほうが優遇されるのはどんな職種でも同じようだ。

そんな経歴だから、動物にメスを入れることもできた。

そんな経歴だからこそ、やっぱり動物にかかわる仕事がしたいと、一度はまったく別の分野に就職したあとで、専門学校に通い、ＡＨＴの資格を取った被害者のことを、小関院長は信頼していたのだ。

その信頼を裏切られ、動物虐待に手を貸していたことを知って、悪徳ブリーダーと手を切らせようと説得した。だが、決裂した。

「ギャンブルに使う金欲しさにこんなことしてるのか？　って小関は尋ねたそうだ」

被害者はなんと答えたと思う？　と、小さなデラウェアの粒を一粒ずつ房から外して、膝にのる仔猫琳と仔狐玲の口に交互に放り投げながら問う。

「なんて答えたんだ？」

ピンク色の口を開いて、琳が問い返してくる。

「それを訊《き》いてるんだけど」

トレーナーに餌を要求する水族館のイルカみたいだな……と思いながら、デラウェアを一粒ぽいっ。

「獣医学部を再受験するための費用だ、と答えたらしい」

ギャンブルはストレス解消のための趣味だったが、多額の借金を背負い込むほどのめり込んでいたわけではなかったことが、追加捜査で判明している。

さらには、供述を裏づけるように、再度の家宅捜索によって、部屋の床下収納から現金が見つかった。

絨毯《じゅうたん》の下に隠されていたから、あくまで被害者だった最初の捜索では見逃されていたのだ。だが、死亡後であっても、犯罪に与《くみ》していたとわかれば、今度は塵《ちり》ひとつ残さない徹底した家宅捜索が行われる。

「なんだそれ？」

琳が「はぁ？」と吐き捨てる。

「大学を退学したことが、ずいぶんとトラウマになっていたようだな」

玲が冷静な分析をみせる。

「動物を傷つけながら、それでも動物を救う獣医への夢を捨てきれずにいた、ってことかな？」

犯人の供述が、事実面ではなく心情面で辻褄《つじつま》が合わないことなんて、事件の現場ではいくらでもある。当人のなかでは理屈がつながっているらしいが、供述を取る側に言わせると、まったく理解できない犯行動機を口にする犯人は多いのだ。

今回は、被害者の口から直接聞いたわけではない。加害者である小関院長の目を介しているから、多少の歪《ゆが》みはあるだろうが、それを加味しても、奇妙な思考回路だとしか思えない。

「そんなお綺麗《きれい》なものじゃないだろう。歪んだプライドを満たしたかっただけだ」

玲の辛辣《しんらつ》な指摘は、いつもだいたい正しい。

「歪んだプライド、か……」

大学時代、被害者は成績優秀だったそうだ。だからこそ、多少人づきあいが苦手な性質であっても、それは個性と受け取って、小関院長も病院のスタッフたちも、被害者に信頼を寄せていた。だがそれは、あくまでもＡＨＴとしての彼に対しての信頼だ。

人柄もよく獣医としての腕も一流で、患者にもスタッフにも慕われる小関院長の姿を間近に見て、被害者の内に果たしてどんな感情が育ったのか。もはや直接尋ねることはできない。

「院長は？　どうなるんだ？」

デラウェアをごっくんと飲み込んで、琳が尋ねてくる。「ちゃんと咀嚼《そしゃく》しなさい」と、小さなオデコを指先で軽く弾《はじ》いた。その指に、琳がじゃれついてくる。

「実刑は免れないだろうけど、調書に情状酌量の余地が盛り込まれると思う」

取り調べの一部始終を記録する調書には、取り調べに当たった刑事が一筆書き添える欄がある。やむを得ない事情で罪を犯してしまったような場合に、そうした事情を訊きだした取り調べ担当の刑事が、犯人の情状酌量を願うひと言を添えることがよくあるのだ。もちろん、当人に知らされることはない。

送検ののち、検察もそれを無視はしない。警察の取り調べで挙がった事実のひとつとして、汲《く》み取ってくれる。

「で？　結局あいつはなんだったんだ？」

単に動物好きな気のいいトリマー？　事件にかかわったのも、動物を思うあまりのことで、前世は無関係と考えていいのだろうか。

桜川が膝の上の二匹に尋ねると、まずは琳が眉間《みけん》に深い皺《しわ》を刻んだ。

「面倒くさいやつの生まれ変わり」

それだけ、と吐き捨てる。

次いで玲が、立てこもり現場に踏み込んだ、あの一瞬のうちに読み取った事実を、忌々《いまいま》し気に口にする。

「より面倒なことに前世の記憶がないときてる」

だったらいっそのことすべて忘れていればいいのに、厄介なことに人並み外れた験力《げんりき》だけは持っているというのだ。――が、当人に自覚はないらしい。

「おまえたちを封じた修験者の生まれ変わりか……」

だから琳と玲の尻尾《しっぽ》もちゃんと二本と九本に見えるし、だというのに自分が特別なことをしている自覚がないときている。

たしかに、あのあと所轄署に連れていかれた権藤は、かすり傷は負っていたもののピンピンしていて、聴取にあたった刑事が驚いていた。

「病院いかなくていいのか？」と尋ねたら「昔っから丈夫なの」と、今度はオネェであることを隠さず応じていたらしい。

「車にひっかけられても擦りむいただけで済んだとか、オネェ同士の痴話げんかの仲裁に入ったときには、突き飛ばされて非常階段から足を滑らせて三階から落ちたらしいんだけど、骨折すらしなかったとか……武勇伝の枚挙にいとまがなかったらしいぞ」

話を聞いた刑事が「頑丈な奴がいたもんだ」と呆《あき》れていたが、あれは単に肉体的に丈夫というのではなく験力が関係している、ということかと妙に納得した。琳と玲の衝撃波を食らっても、平然としているわけだ。

あのとき、琳が衝撃波を食らわせる一方で、院長と動物たちは、玲のシールドが守っていた。玲はちゃっかりと、権藤をシールドの外に置いていたのだが、権藤はへっちゃらだったのだ。

結局権藤が罪に問われることはなかった。あのあと捜査の主導権を握った桜川の直属上司が、情状酌量の余地ありと検察に訴えたのだ。

「ああ、思い出した。やたらと頑丈でしつこいやつだった」

玲が嫌そうに言う。

琳は「気持ち悪いっ」とふわふわの黒毛を震わせた。「一緒にふっとばしてやればよかった！」と、玲と同じことを言う。

琳のいう「気持ち悪い」は、単にプロレスラー体型のオネェが気持ち悪い、というだけでなく、権藤の持つ験力にあてられた気持ち悪さのようだ。

「でも、そう悪いやつじゃないみたいだぞ」

せっかく評判のいい動物病院だったのに、今後どうなるのだろうかと心配する桜川に、聞きかじった話を教えてくれたのは班長だった。

「店の修繕費もいらないって言うし、院長不在の《小関アニマルクリニック》も、自分がオーナーになって、つづけられるように尽力してくれるってさ」

さすがはビルのオーナー、さすがは実業家。

前世とか験力とか、そういった問題を抜きにすれば、そう悪いやつではなさそうだ、というのが桜川の印象だった。何より、動物たちにも好かれているように見えた。そのあたりは琳も玲もわかっているはずだ。

オネェだが、自分がハンティング対象にならないのなら、個人の嗜好《しこう》に口を出す気はない。

「へーえ。さすが、安月給の平刑事とは違うな」

琳がデラウェアくれ、とピンク色の口をあけながら、可愛くないことを言う。

「いいのか？　焼肉食べ放題」

小さな口に、デラウェアを二粒押し込んでやった。またもごっくん！　と飲み込んでしまう。お腹が痛くなっても知らないぞ。

「行く行く！」

約束約束！　と琳が桜川の膝《ひざ》の上で跳ねる。

玲は「食べ放題で我慢してやる」と、ますます可愛くないことを言う。可愛らしい鼻先を、ぎゅむっと摘《つま》んでやった。

「十七時までに入店すると、さらに一割引きなんだ」

そろそろ出かけようかと、桜川が腰を上げると、二匹は膝からぴょん！　と跳んで、空中でくるっと一回転、ぽんっ！　と弾ける音とともに、人型に変化した。

黒髪に零《こぼ》れ落ちそうなほど大きな瞳《ひとみ》が印象的な、いまどきのアイドルも足元に及ばないほどの美少年と、少し長めの髪に伏せがちな長い睫毛《まつげ》に縁どられた涼やかな眼差《まなざ》しが熟女も虜《とりこ》にする美青年。

昔話などで、妖《あやかし》者《もの》は美しく描かれることが多いけれど、まったく誇張ではなかったのだな……と毎度感心させられる。

三人で出かけると、「弟さんですか？」と訊かれることが多いのだが、桜川の立ち位置としては、まさしく不肖の兄、だ。

「焼肉焼肉！」

琳が桜川の腕にじゃれついてくる。こういうところは、人型になっても仔猫《こねこ》の気質を残している。

「待て」

玲が、玄関に向かおうとするふたりを止めた。

「嫌なものがくる……」

人型のまま、玲の頭に三角形の耳がぴょこり！　と飛び出した。アンテナを張っているかのようだ。

「これ……」

琳も同じく、黒い耳をぴょこりと出して、ぴくぴくと動かしている。二股《また》尾がぴーん！と立った。

人の姿でこれをされると、ふたりの美貌《びぼう》もあって、ビジュアル的にいろいろヤバイ。どうせなら、獣姿に変化してほしいというのが桜川の正直な感想だ。

ふたりがともに、耳と尻尾をしまう。

「突破されたか」と、玲が忌々し気に呟《つぶや》いた。「験力、マジはんぱねぇ」と琳がいまどきの高校生口調で呟く。そういう言葉遣いはやめなさいと、ちょっとまえに説教したばかりだというのに。

「こんにちは～！」

高らかな声とともに、玄関の引き戸が開けられた。鍵《かぎ》をかけなくても鍵がかかっている玄関だ。それを開けられるのは、兄弟のほかには、姿なき存在たちに受け入れられている桜川だけのはず……。

「月神さん？　いらっしゃるわよね⁉」

断定口調で声をかけてくる。これは権藤の声だ。

琳と玲が嫌そうな顔で動かないので、しかたなく桜川が応対に出た。居留守は無理だと判断したのだ。

「どうも」

桜川が玄関に出ると、真っ赤な薔薇《ばら》の巨大な花束を手にした権藤が、シナをつくって立っていた。

「あら、刑事さん！　このまえはどうも〜。いろいろ大変だったわよね。私もこれから忙しくなるのよぉ。院長が帰ってくるまでの代わりの獣医も探さなくちゃだし、患者の飼い主さんたちにもごあいさつにまわらなくちゃだしぃ」

「はぁ……」

聞き込みでそういった店に足を運んだ経験も何度かあるが、どうしてオネェというのはこういう喋《しゃべ》り方をするのだろう。立て板に水というか、のべつまくなし、というか。

「可愛い子ちゃんたちは？」

権藤が、ずいっと身を乗り出してくる。

だが、桜川がふたりを背に庇《かば》うように前に立つと、権藤はそれ以上動けない様子。

「すごいや桜ちゃん」

「この験力をものともしないとは」

背後から、ひそめたやりとりが聞こえた。

「？」

桜川には、まったく意味がわからない。

「えっと……」

どうしようかな……と、冷や汗を垂らしながら、桜川は玄関先で懸命に権藤を制した。さすがに強引に上がり込んでくるような非常識な男ではないようだ。

「仔猫ちゃんと仔狐ちゃん！　あんなに可愛いのに、あんなに強いなんて、もう～、惚《ほ》れ惚《ぼ》れしちゃったわ！」

琳と玲の衝撃波を食らった後遺症で、おかしくなったのではないか？　と心配になってきた。

「ねぇねぇ、お顔を見せて！　お土産あるのよ！　ケーキ！　甘い物好きでしょう？」

だからどうして断定的なのだ。実は前世の記憶があるんじゃないのか？

「今日はね、お願いがあってきたのよ！　ワタシを……ワタシを……」

両手を胸の前で組んで、うるうる……。琳が気持ち悪いとわめく気持ちがわかってきた。

「ワタシを下僕と呼んで！」

薔薇の花束を掲げ、ふたりのためならなんだってするわ！　と、己の世界にずっぽりと入りきって叫ぶ。近所迷惑この上ない。

「あの……食事に行くので今日のところは……」

お引き取り願えませんか？　とやんわりと諭してみる。

「食事？　どこへ行くの？」

ずいずいと身を乗り出しながらも、やはり桜川を押しのけることはできないようだ。

「焼肉食べ放題に……」

駅前に新しい店ができてキャンペーン中なのだと説明すると、「食べ放題ですって！」と権藤が眉《まゆ》を吊《つ》り上げた。

「私なら、一枚三万円の和牛のステーキを、お腹いっぱい食べさせてあげるわよ！」

だから出てきて！　と室内に向かって叫ぶ。

いいかげん出かけないと十七時入店に間に合わないなぁ……と思ったところで、隠れていたふたりが奥から姿を現した。

「食べ放題のオーストラリア牛でいい」

「皮下脂肪ばかりの和牛に用はない」

おのおの身も蓋《ふた》もないことを吐き捨ててくれる。

「ひどい……っ」

権藤が滂沱《ぼうだ》の涙に暮れた。よよよ……と泣き崩れる。

「琳！」

「らじゃ！」

桜川の背後から飛び出したふたりが、唐突に衝撃波を放った。その瞬間だけ、ふたりの瞳が緋《ひ》と金に輝く。

「消えろ！」

「ウザい！」

ど――ん！　と激しい衝撃波とともに、権藤の巨体が吹き飛ぶ。空高く。

「いやあぁぁぁぁ――――――――――んんんんっ！」

オネェの悲鳴が遠ざかっていく。

桜川は茫然《ぼうぜん》とそれを見上げた。

「いや、ちょっと、やりすぎ……」

さすがにこれは……と、青くなった桜川に、玲が「気にするな」と冷静に言った。

「忌々《いまいま》しいことに死んでない」

しぶといやつめ、と毒づく。

「……マジか？」

験力《げんりき》のパワーだとしたら、とんでもないことだ。たびたび尋常ではない事態を経験していながら、まるきり気にかけていない権藤自身もある意味すごいが。

「桜ちゃん！　焼肉！」

早く！　と琳が桜川の手を引っ張る。

「結界を強めろ」

室内の姿なき連中に命じて、玲が最後に玄関を出た。ぴしゃり！　と引き戸が自動で閉まる。

新規オープンの焼肉食べ放題店は、味も品揃《ぞろ》えもよく、店も小綺麗で好印象だった。この値段でこの質のものが食べられるのなら、何度でも来たいところだが……。

——これっきりだろうなぁ……。

向かいの席で琳と玲の豪快な食べっぷりを眺めつつ、「ここも出禁か……」と桜川は嘆息した。

見る間に皿が積みあがっていく。

周囲の客席も、ふたりの食べっぷりに唖然《あぜん》としている。大食いなんとかなんてテレビ番組など目ではないスピードだ。

すでに店の奥が騒々しい。

「肉がない〜〜〜！」

店長かシェフあたりの悲鳴が届いた。半泣きの悲鳴だった。

それを聞こえなかったことにして、自分も肉を口に運びつつ、ご機嫌なふたりに「旨《うま》いか？」と尋ねる。

玲は鶏肉を咀嚼《そしゃく》しながら、コクリと頷《うなず》いた。琳は牛カルビを五枚纏《まと》めて口に入れて、「美味《おい》しい！」とご満悦。

美少年と美青年と大食い。実に珍妙な光景だ。

だが、周囲にどう映っているかは関係ない。桜川の目には、向かいのふたりは愛らしい仔猫と仔狐に見えている。

「ちゃんと嚙《か》んで食べろ」

飲み込むなよ、と母親のように二匹の……兄弟の世話を焼く。

三人が出禁になった食べ放題店は、この日この店で、とうとう二十店目となった。

あやかし兄弟と
雨の夜

1

その日、夕方から降り出した雨は、夜半を過ぎても降りつづいていた。

薄暗い雑木林の間を抜ける細い山道は、外灯もまばらで、悪天候ともなれば走る車もほとんどない。

集落からも離れた場所。恰好《かっこう》の不法投棄場と化したこのあたりは、人目を忍んで訪れる車はあるものの、だからこそ目撃される恐れが少ない。

その男が、小さな段ボール箱の捨て場所としてここを選んだのは、そうした噂を耳にした覚えがあったからだ。

しかも雨の夜。絶対に、誰にも見られないと考えての行動だった。

路肩に車を停めて、雨に濡《ぬ》れるのを気にしながら、後部シートから段ボール箱を持ち出す。周囲を一応はうかがって、段ボール箱を雑木林に捨てようとしたときだった。

こんな時間に通る車などないと思っていたのに、雨音にエンジン音がかき消されていて近づくまで気づけなかったらしい。雑木林の陰から車のヘッドライトが近づいてきて、男は慌てて車の陰に身を潜めた。

通り過ぎるのをやり過ごそうと思ったのだ。だが、どうしたことか、車は少し先で急停止して、バックで戻ってくる。少し離れた場所に停車した。

なんのつもりかと身を潜めていた男は、運転席から降り立った男の顔を確認しようとしたけれど、薄暗いうえに雨脚がますます酷《ひど》くなっていて、よくわからなかった。その激しい雨音の向こうから、「何をしている!」と咎《とが》めるような声がする。

「おまえか⁉　不法投棄犯は――」

ダンボール箱の捨て場所を探していたときに、「不法投棄禁止」の立て看板を見かけたことを思い出した。

不法投棄犯と間違われたのだと気づいた。いや、ある意味不法投棄と言えなくもない。この段ボール箱を捨てようとしていることに違いはないのだから。

「その箱はなんだ!」

地域の住人なのだろうか。無駄な正義感に駆られた中年の男が詰め寄ってくる。

「違う、これは……っ」

ジリ……ッと退《さ》がろうとしたとき、箱のなかでガタガタッと音がした。段ボール箱を引っ掻《か》くような音も……。

「その箱のなかみ……」

不法投棄を咎めようと、わざわざ車を降りてきた酔狂な中年男は、想像とは違うものが捨てられようとしていることに気づいて、背を向けるのではなく、より険しい顔で眉を吊り上げた。

「あんた、自分が何をしようとしているか、わかってるのか⁉」

「てめぇにゃ関係ねぇだろ！」

口論に発展するのに、時間はかからなかった。

だが、ただの口論に収まらず、最悪の結果を招くことになるなんて、想像だにしないことだった。

——ちくしょう！　ちくしょう！　ちくしょう……！

こんなことになるなんて……！

自分が悪いんじゃない。余計なおせっかいをしようとした、中年男が悪いのだ。こんなことで人生を棒に振るなんて、絶対にあってはならない。

けれど、山のなか。

土砂降りの真夜中。

罪を暴くヘッドライトが通りかかることはなかった。

ますますひどくなる雨脚が、罪の痕跡《こんせき》を洗い流してくれる。

絶対に捕まることはない。

予定通り段ボール箱を雑木林に捨てた男は、ひとりの善良な中年男性を、降りしきる雨のなか、置き去りにして走り去った。

アスファルトを流れる雨水に、血痕《けっこん》が洗い流されていく。

雨夜の犯罪が明らかになったのは、翌日の昼近く、雨が上がってからのことだった。


雑木林を通り抜ける山道で雨の夜に起きたひき逃げ事件は、鑑識泣かせの事案だった。

乗り捨てられた一台の乗用車と、その近くで倒れて息絶えていた中年の被害者。身元は所持していた免許証からすぐに割れた。

車のバンパーあたりで腰を強打し、倒れた拍子に頭をアスファルトに強く打ちつけたことが死亡原因と推察される。だが、乗り捨てられた被害者の車のバンパーに傷はない。別の車に轢《ひ》かれたのだ。

どう見てもひき逃げ事件だが、強行犯係に臨場要請が出たのは、ベテランの交通鑑識捜査員が、雨でスリップしたとは思えないタイヤ痕がみられると報告を上げてきたためだった。

事故であればひき逃げ事案だが、意図的に轢いたのであれば殺人事件の可能性が出てくる。

「柏井《かしい》主任！」

件《くだん》の鑑識捜査員が、声をかけてくる。

「どうだ？　なにか見つかったか？」

「厳しいですね。塗装片のひとつでも見つかればと思ったんですが……」

微細な証拠は、雨に流されてしまった可能性が高い。割れたヘッドライトの破片なら流されにくいが、それも見つからない。

「この地形ですからね。昨夜は相当な水が流れたと考えられます」

舗装が斜めになった、決して整備されているとはいいがたい山道。急斜面から流れ出た雨水が、川のように車道を流れていたと推察される。

「今のところはブレーキ痕だけか……」

ひとまずひき逃げ事案として、交通課案件にするよりほかないのだろうか。ベテラン鑑識の眼は、信用に値するものだが、疑わしいというだけで強行犯案件に引っ張ることもできない。

「何か出たら、すぐに知らせてくれ」

鑑識捜査員の肩を叩《たた》いて、捜査車両に戻る。無線が入って、『ひとまず保護しているんですが……』どうしましょう？　と、女性警察官の弱りきった声が返答を求めてくる。

「娘？」

『被害者と、父ひとり子ひとりだったようなんです』

なんてことだ……と、柏井刑事は思わず天を見上げた。

ただのひき逃げでも救われないのに、故意に引き起こされた事件だったとしたら、ますます救われない。

桜川《さくらがわ》が郊外の所轄署の駐車場に捜査車両を停めたタイミングで、フロントガラスにぽつりぽつりと雨粒が落ちはじめた。

「やんだと思ったのになぁ」

昨夜から降りつづく雨は、都心の一部で局所的な大雨となって、床下浸水などの被害がメディアで報じられている。

地域課や機動隊の面々は災害への対応で大わらわだろう。

だが、刑事部の捜査は、悪天候だからといって、足踏みしているわけにはいかない。

本庁捜査一課所属の桜川が、わざわざ郊外の所轄署に出向いてきたのも、もちろん捜査の一環だ。

今現在、桜川の所属する班が組み込まれている捜査本部の事案に、所轄署が過去に扱った事件がかかわっている可能性がでてきて、当時の捜査資料の閲覧と、担当した刑事に話を聞くために来たのだ。

「この事件が今回の事件の引き金になったと、捜査本部ではお考えなのですか」

「いくつかある筋のうちのひとつ、というのが管理官の捜査方針ですが……自分はありえると思っています」

桜川の話にうなずいて、温厚そうな中年の刑事は、古びた捜査資料をテーブルに積み上げた。

「ご協力感謝します」

この手の資料は持ち出し禁止だ。この場で必要な情報をピックアップしていくしかない。

気になる点をチェックして、そのあとで担当刑事に詳細を聞く。

一時間ほどで用件を終えると、所轄署についたときに降りだした雨は今度こそしばらくやまないだろうと思われる土砂降りになっていた。

「やまない……か」

玄関口で空を見上げていたら、背後から声がかかった。

「桜《さくら》？　桜川か？」

聞き覚えのある声に振り返ると、懐かしい顔がそこにあった。

「柏井？　そういや、今ここだっけ？」

警察学校の同期の柏井だ。一時期、桜川とは班は別だったが、捜査一課に所属していたこともある、優秀な刑事だ。

「一年前からな」

そうだった。捜査一課から郊外の所轄署へ、柏井は望んで異動したのだ。捜査の第一線から、長閑《のどか》な街へ。

何かヘマをやらかして左遷されたわけではない。長期入院中の母親の看病のためだ。母親が入院している病院がこの近くで、出世の道を捨てて、母親の傍にいることを選んだ。

病状について桜川のほうから尋ねたことはない。尋ねるような野暮な人間も警察組織にはいない。出世の道を捨てるほどの状況、というだけで充分だ。

その決断には頭が下がる。誰にでもできることではない。柏井の刑事としての能力を思えば惜しいばかりだが、人生の何を優先させるかは、人それぞれだ。

警官だった父親が、事件を追う途中で殉職しているのも、理由のうちのひとつかもしれない。犯人に刺されたのだと、警察学校時代に話してくれた。

「どうしたんだ？　こんな辺境まで捜査か？」

茶化した口調で言う。

人好きする笑みは、昔と少しも変わっていない。

「捜査資料を見せてもらいに来たんだ」

それだけで、柏井は合点のいった顔をする。

「捜査資料？　もしかして、新宿の事件か？」

「さすがに敏《さと》いな」

いまどこでどんな帳場が立っているのか、優秀な彼の頭には、全部入っているのかもしれない。

事実、桜川は今、新宿東署に立った帳場に出張っている。強盗殺人だが、容疑者のひとりに前科があった。その件で、ここまで足を延ばしてきたのだ。

「おまえんとこが出張ってるんなら、すぐに解決するだろ。班長も主任もやり手だからな」

「おいおい、俺は数に入ってないのか？」

「いまだにぺーぺーなんだろ？　何言ってんだよ」

「下が入ってこないんだよ」

言ってくれる……と、苦笑する。

軽い口が利けるのは、同期だからこそだ。

「今日はもう上がりなのか？」

とっくに終業時間をすぎている。刑事に定時などあってなきがごとしだが、郊外の所轄署の場合、事件がなければ帰れるだろう。だからこそ、柏井はここでの勤務を希望したのだから。

母親の件があるから、飲みに行こうなんて気安く誘えないが、時間がとれるなら食事くらい……という気持ちがあった。なんなら、自分が彼の母親の見舞いについていってもいい。

だが、柏井から返されたのは、予想外の言葉だった。

「そうしたいのはやまやまなんだけど……ちょっと厄介なことになってな」

「厄介なこと？」

「ひき逃げ事案なんだが、どうもただの事故じゃないみたいで……」

「主任！」

柏井の話の腰を折るように、廊下の奥から女性警察官の声がかかる。桜川と話をしていることに気づいて「すみません」と断ったあと、奥へ視線をやりながら、困った顔で相談をはじめた。

「どうしましょう、あの子。なにも言わないし、動こうともしないんです」

「そっか……」

まいったな……と、柏井が頭を掻《か》く。

「どうしたんだ？」

「ああ……今話してたひき逃げ事案なんだが……被害者の子がな……」

柏井が言葉を濁す。女性警察官が「児童相談所にあずけるしかないんでしょうか」と眉《まゆ》尻《じり》をさげた。結婚指輪をしているし、子どもがいてもおかしくない年齢の女性だ。自身の子に投影して感情移入しているのかもしれない。

「父ひとり子ひとりだったらしくてさ。親戚《しんせき》とも疎遠らしくて……まだ小学校二年生だぜ」

父親の事故死の知らせを受けて、学校の先生に連れられて所轄署に来たのが昼前。そのときからずっと、口を利かないのだという。

「母親は？」

「あの子が二つのときに病死してるそうだ」

それからは男手ひとつで娘を育ててきた。被害者はさぞ無念だったことだろう……と、柏井が痛ましげに眉根を寄せる。女性警察官も沈痛な面持ちで頷《うなず》いた。

「ショックで口が利けなくなっちゃったんでしょうか？」

「うーん……」

いまどき小学校は何もしてくれないだろうしなぁ……と、柏井が腕を組む。

桜川は、「会わせてくれないか？」と、もちかけた。

え？　と驚いた顔を向けたものの、すぐに合点がいった顔になって柏井が頷く。女性警察官には仕事にもどるように言って、桜川を奥の会議室に促した。

愛想のないドアをそっと開ける。会議室の片隅に、パイプ椅子に腰掛ける小柄な少女の姿があった。

頭からタオルをかぶっているのは、この雨に濡《ぬ》れたせいだろうか？　足元には落ちた毛布。風邪をひいてはいけないとの気遣いで膝《ひざ》にかけられていたのだろう。

白い顔には、表情がなかった。

事実を受け止められず、ショックで思考が停止した状態なのだろうと推測する。桜川にも、経験のある状況だった。

隣の柏井に「名前は？」と小声で尋ねる。

「棚橋由茉《たなはしゆま》ちゃん」

笑顔なら、とても可愛らしい子だろう。

だが今は、病的なまでに白い顔で俯《うつむ》いて、膝の上で小さな手をぎゅっと握っている。

桜川は、少女に歩み寄り、傍にそっと片膝をついた。少女を驚かさないように、極力ゆっくりと、大きな動作は控える。

「こんにちは、由茉ちゃん」

少女からは、なんの反応もない。

それでも構わず、桜川は少女の顔を覗《のぞ》き込みながら言葉をつづけた。

「僕は桜川祥矩《よしき》といいます。寒くないかな？」

少女は無反応のまま。

足元に落ちた毛布をそっと拾い上げて、驚かさないように注意しながら、細い膝に掛けてやる。少女の肩が、わずかに身じろいだ。

「寒かったね。気づかなくてごめんね」

少女の瞳《ひとみ》が、ほんのわずか、反応する。

「パパに、すぐに会わせてあげられなくてごめんね」

事件性が疑われる場合、遺体は司法解剖にまわされる。遺族との対面はその後だ。

「ごめんね」

もう一度繰り返す。少女が、ぎこちない動きで顔を上げた。

「……」

言葉はない。だが、その瞳が雄弁に語っている。

寂しさや怒りではない。理不尽さを訴えている。ただ、なぜ？　と尋ねている。

ホロリ……と、少女の瞳から涙が零《こぼ》れ落ちる。それが見る見る大粒になって、やがて少女は白い喉《のど》をしゃくりあげ、ボロボロと泣きはじめた。

「う……うぇ……え……っ」

えぐえぐと泣く少女の肩をそっと抱き寄せ小さな頭を撫《な》でてやる。

「ごめんね、ごめんね」

ただやさしく、声をかけつづける。

「パパ……パパ……っ」

ついには大泣きしはじめた少女を、桜川は根気よく慰めつづけた。

何時間そこでそうしていただろう。

疲れ果てた少女が桜川の胸で睡《ねむ》るまで、ずっと傍にいた。

ふっくらとした頬に残る涙の跡が痛々しくて胸が痛んだ。……乗り越えたはずの過去の傷が、疼《うず》く気がした。


都心部なら、夜中でも騒がしい所轄署の一階も、事件の少ない郊外の署は、ひっそりとしている。

「悪かったな、結局足止めしちまって」

柏井がインスタントコーヒーのカップを差し出してくる。「サンキュ」と礼を言って受け取った。

「いや……結局、施設に行くしかないのか……」

あの少女は、どこにも行き場がない。それに比べたら、自分の過去の傷など、他愛無《たわい》いと思わされる。

「俺らじゃ、どうしてやることもできないよ」

警察の管轄外だ。切り捨てるつもりはないが、手を出せないのが事実。できる範囲内で、可能な限りのことをしたとしても、あの子の助けになるかどうかはわからない。せいぜい施設に口添えする程度のことだ。

「そうだな」

しかたないとわかっていても、割りきれない。

視線を落とす桜川を見て、柏井が重い口を開いた。

「あれくらいの歳だったっけ？　弟さん」

柏井が、少女に会いたいという桜川の申し出を受けてくれた理由はそこにある。

「ん？　ああ……」

そういえば、あの日も雨だったな……と、桜川は、もう十年以上も過去の記憶を呼び起こした。

「おまえが高校生のときだって言ってたよな」

事故、という単語は出さない。柏井の気遣いがありがたく、一方で苦痛でもあった。

事故と事件の違いはあれど、ともに理不尽に肉親を失っている。警察学校時代、柏井と気が合ったのには、そのあたりも関係していたのだろうと、今になって思う。

「ああ……歳が離れてたから、可愛かったよ」

十歳近くも歳の離れた弟は、本当に可愛かった。

「犯人は？」

「交通刑務所から、もう出てきてるんじゃないかな」

当時はまだ、危険運転致死傷罪はなかった。交通事故の加害者は、故意がないことを前提として刑法第二百十一条の業務上過失致死傷罪によって処罰されるのが普通のことだった。たとえそれが飲酒運転でも。

「そっか……」

やりきれんな……と柏井が呟《つぶや》く。警察学校時代、弟の件を話したのは、そういえば柏井にだけだった。

「あの子の父親の事件のこと、詳しく教えてくれるか？」

「いいけど……帳場が立つようなことにはならないと思うぞ」

本庁が出張ってくるような事態にはならないだろうと言う。「今の帳場も解決のめぼしはついていないんだろ？」と言われて、そういう意味ではないと返した。ただ、放っておけないのだ。

「相変わらずのお節介とお人好《よ》しぶりだな。全然かわってない」

本庁捜査一課の刑事なのだから、重大事案だけ追っていればいいだろうに……と柏井が苦笑する。好き好んで都落ちを望むようなやつに言われたくはない。

「そうか？」

笑って返すと、「おまえ絶対に出世できないよな」とさらに追い打ちをかけられる。それには「お互い様だ」と肩を竦《すく》めて返した。

「やっぱおまえ、交番勤務のほうが合ってるんじゃないか？　卒配のときも、お年寄り人気高かったし」

卒配というのは、警察学校を卒業して最初の配属のことだ。多くが、地域課管轄の交番勤務を言い渡される。

「俺もそう思う」

「後ろ半分は謙遜《けんそん》しろよ」

そういう柏井は、女子高生人気が高かった。ちょうどそのころ人気だった、なんとかという若手俳優に似ていたらしいが、桜川はよく知らない。俳優の名前も覚えていないくらいだから、とうにメディアから消えた存在なのかもしれない。

柏井が淹《い》れてくれたインスタントコーヒーをありがたくいただきながら、事件のあらましを聞いた。

たしかに鑑識捜査員が指摘するとおり、意図的に轢《ひ》いた可能性が高いと思われた。だが、証拠がない。犯人にたどりつくことも、話を聞く限り困難に思える。

「できる限りのことはしてみるさ。あの子のためにも」

柏井が決意をみせる。

困難とわかっていて、それでも端《はな》から諦《あきら》めたりはしない。それが刑事の姿勢だ。柏井は優秀な刑事だ。

「俺にできることがあれば言ってくれ」と腰を上げた桜川を、「本庁の刑事がなにいってんだよ」と、背中を叩《たた》いて見送ってくれる。「進展があったら教えてくれ」と言い置いて、桜川は所轄署をあとにした。


捜査本部に戻って報告を上げ、捜査会議に参加したあと、桜川は寮に着替えを取りに戻るふりで、逆方向に足を向けた。

途中でメッセージアプリに連絡を入れると、「肉！」とリクエストが……。

まったく、これだから肉食獣は……と苦笑して、あれこれメニューを考えながら買い物を済ませる。

月神家《つきがみ》は年季の入った板塀に囲まれていて、住宅の様子は外からは見えない。防犯の視点に立てば、泥棒さんいらっしゃい、といったところだが、この家が泥棒被害に遭うことなど、絶対にないと言いきれる。

玄関先に立つと、両手にレジ袋を提げた桜川が難儀して引き戸を開ける前に、自動で玄関扉が開いた。

玄関先に、人の姿はない。だが、この家では、別段不思議なことでもない。

すると、奥からととと……っ！　と小さな足音がして、真っ黒な毛並みの仔猫《こねこ》が駆けてくる。桜川が玄関を上がるより早く、仔猫が飛びついてきた。

「桜ちゃん！」

顔面に飛びつかれ、背後に倒れかかるのをかろうじて堪《こら》える。

「お……っと。危ないじゃないか」

肩をぐるぐるっ！　と駆けまわって、小さな頭を耳に突っ込んでくる。

「ごはん、ごはん！」

仔猫のふわふわな毛が、桜川の頬を擽《くすぐ》った。

「わかってる。すぐに準備するから」

宿題は？　やったのか？　と仔猫の喉元《のどもと》を擽る。「そんなの瞬殺さ」と仔猫琳《りん》が自慢げにつんっと顎《あご》をあげた。

桜川の手をすりぬけたレジ袋が、ふよふよと宙を移動して、勝手にキッチンに向かう。

仔猫琳を肩に乗せた桜川は、まずはリビングダイニングへ。メッセージアプリにも無反応だった存在が、涼しい顔でそこにいた。

「玲《れい》、いたのか」

「講義は午前中だけだった」

長身痩軀《そうく》に憂い顔の二枚目が、分厚い数学書に目を落としたまま応《こた》える。家の中で人間の姿のままでいるのも珍しい。

「玲は？　なんでもいいのか？」

夕食のリクエストを訊《き》くと、ひと言だけ「肉」と愛想のない返事。

「はいはい」

まったく、似た者兄弟が。

こういうところが可愛いのだけれど、世の兄貴たちというのは、こうも弟たちに蔑《ないがし》ろにされているものなのだろうか。まったく可愛げのない。でも、可愛い。

「桜ちゃん！　おむすびも！」

琳が肩で訴える。

「それは朝ごはんな」

片手で仔猫姿の琳をあやしながら、手際よく調理にとりかかる。なんだかだんだん主夫力が上がってきている気がしてならない。

今夜のメニューは、根菜のみじん切りで嵩《かさ》増ししたメンチカツと山盛りの千切りキャベツ、牛蒡《ごぼう》サラダ、厚揚げ煮、小松菜と油揚げの味噌汁《みそしる》だ。厚揚げと油揚げは、スーパーで見切り品になっていたのを買い占めた。これくらいしないと、妖怪《ようかい》兄弟の食欲には追いつかない。

食後のデザートには、特売になっていたファミリーサイズのアイスクリーム。お菓子を飾って、パフェ風にしてやろうと思っている。

食器棚が開いて、小皿や茶碗《ちゃわん》が勝手にセッティングされていく。それには構わず、桜川は出来上がったサラダと煮物を大皿に盛った。じっくりと揚げたメンチカツは、ひとりぶんずつ分けて盛りつける。でないと余計な騒ぎを招きかねない。

「ほら、琳」

桜川がおでこをつつくと、肩に乗っていた黒仔猫が、ぽんっ！　と弾《はじ》けて人型に変化した。食事のときは、人間の姿でちゃんと箸《はし》を使うようにと、日ごろから言い聞かせている。

すぐ傍らに、黒髪猫目の美少年。黙っていれば、同級生の女の子などいちころだろう。

「玲！」

数学書をしまえ、と声をかけると、ようやく玲が顔を上げる。

琳と玲、それぞれには山盛りのご飯とメンチカツ十個ずつ、自分用には一人前のメンチカツ定食、「いただきます」を言わない限り箸をつけるのは許さない。

「いただきます」

桜川の言いつけを守って、兄弟はちゃんと手を合わせてから箸をとる。

そのあとは、兄弟の会話もなく、黙々とメンチカツを頬張り、山盛りのご飯を胃に納めていく。豪快な食べっぷりだが、下品さはない。さすがに数百年だか数千年だか生きている大妖怪には、品格の自負があるようだ。

だが、兄弟がいつもおとなしいかといえば、そんなわけがない。

肉食獣の妖怪らしく、二匹は肉を好む。そして甘いものが大好物だ。猫ならかつぶし、狐なら油揚げだけ食べていてくれれば楽なのだが、無駄に舌が肥えている。こういう人間臭いところも、長く生きているが故だろう。

山盛りの料理も、見る間に兄弟の胃袋に消える。その間に桜川も普通に一人前を胃に納めて、洗い物は姿の見えない下僕妖怪たちに任せ、兄弟のためにデザートの準備にとりかかる。

冷凍庫からファミリーサイズのアイスクリームを三つ取り出してテーブルへ。

「デザートはアイスだぞ」

ふたりの前でパフェをつくってやろうと考え、用意していた菓子も並べる。

パフェグラスがわりにビールグラスを二個、食器棚から取り出したところで、背後から
ぽんっ！　と弾ける音がした。

「あ……」と思ったときには遅かった。振り返ると、アイスクリームを挟んで、仔猫と仔狐が睨《にら》み合っている。

「イチゴ味とチョコ……」

「……」

琳が、ふーっ！　と全身の毛を逆立て二股《また》尾を立てる、玲ががるる……っ！　と唸《うな》り声とともに九尾を広げた。

「イチゴもチョコも俺がもらう……！」

「ぬかせ、チビ！」

前傾姿勢の仔猫琳を、同じく仔狐姿の玲が嘲笑《あざわら》う。チビなのはお互いさまだと思うのだけれど……。

「おい――」

止めようと手を伸ばしたが、一瞬出遅れた。

途端、室内を吹き荒れる突風というか旋毛風《つむじ》というか……。吹き荒れる妖力《ようりょく》の嵐に家財道具が吹き飛ばされる。飛んでくる皿やら炊飯器やらを間一髪で避《よ》けながら、桜川は旋風《せんぷう》の真ん中に踏み込んだ。

「……ったく、いつもいつもおまえらはっ！」

並外れた動体視力で二匹を捉《とら》え、旋毛風のなかへむんずと手を伸ばす。もふっとした感触が手に触れた瞬間、唐突に嵐が止んだ。

「やめろ！」

左手に琳、右手に玲。尻尾《しっぽ》を巻いた仔猫と仔狐が、ぷらんっと釣れる。

不服そうに唸りながらも、首根っこを摘《つま》まれて自由を失った二匹は、短い手足でじたじたともがくのみ。

「だーかーらー、分けっこしなさい！」

アイスの特大カップを抱えて食べる気か！　そんなお行儀の悪いことは許しません！

顔の高さに吊《つ》り上げて言い聞かせる。

桜川に叱られた二匹は、ぷぅっと頬を膨らませ、ぷいっぷいっとそっぽを向いた。

「あのな……」

ほんとーに小憎らしい。でも可愛い。

高校生と大学生の姿でこれをやっていたら、ただのバカだけれど、この姿だから許される。……許してしまう。

「どうして分け合うって選択肢がないんだよ」

妖怪世界の生存競争の原理なのかもしれないけれど、今は半分人間のようなものなのだから、もう少し学習してほしい。

すっかり拗《す》ねてそっぽを向いてしまった二匹を釣る方法はいくらでもある。数百年、数千年分の知識を詰め込んだ妖怪の思考回路は、意外と単純だ。

「パフェにしてやるから」

「パフェ⁉」

二匹が同時に振り返る。

夜店のヨーヨー釣りよりも簡単かもしれない。現代に転生する以前に生きていた時代に存在しなかったあれこれに、二匹は弱いのだ。

ようやくおとなしくなった二匹をテーブルに下ろして、桜川は予定どおりパフェの製作に取りかかった。

その背後で、吹き飛ばされた家財道具類が、ひとり勝手に定位置に戻りはじめる。

琳と玲がパフェを食べ終わるまえに、桜川の官給品の携帯電話が鳴って、捜査本部に呼び戻された。

「それ食べたら、風呂《ふろ》入って、宿題やって、日付変わるまえに寝るんだぞ」

それだけ言い置いて、家を飛び出していく。

桜川の姿が消えると、この家に棲みつく妖怪たちが、残念そうに肩を落とす。桜川には姿は見えないが、琳と玲には見えている。

座敷童《ざしきわらし》は寂しそうな顔で蹴鞠《けまり》を手に奥の仏間に消えるし、雨傘は竹箒《たけぼうき》を手に中庭を掃きはじめるし、キッチンでは毛倡妓《けじょうろう》が黙々と洗い物をしている。桜川がいる間は、頬を染めてずっと後ろに立っていたくせに。

こうした妖怪たちに、この家に棲みつくことを許した覚えはない。蹴散《けち》らしても蹴散らしても、勝手に集まってきて居つくから、仕方なく下僕として使っているだけだ。

「桜ちゃん、雨の匂いがした」

大きなジョッキサイズのパフェをペロリと平らげて、最後に飾りのウエハースを頬張る。空になったビールグラスを恨めし気に覗《のぞ》き込みながら、琳が呟《つぶや》いた。

「降ってるからな」

今日は朝から降ったりやんだり、今は土砂降りだと玲が淡々と返す。

「そういう意味じゃなくてさー」

仔猫《こねこ》琳が口を尖《とが》らせると、仔狐玲が「わかってる」とそれを制した。

「死の匂いだ」

だが、桜川が捜査に当たっている事件がらみではない。死臭という意味ではなく、人の死の哀しみの匂い、という意味だ。

「また妙なことに首を突っ込んでるんだろうさ」

その話をしにきたのに、話をするまえに捜査本部に呼び戻されてしまった。

「せっかくのエネルギー、無駄につかってんじゃねぇっつの」

「しかたない。桜に自覚はないんだからな」

桜川から感じる独特の波長とエネルギーが、琳と玲と引き合わせた。そして今がある。

桜川が妖怪たちに好かれるのも、その波長のせいだ。憑《と》りつかれることがないのも、そのため。

琳と玲の姿は見えるのに、ほかの妖怪は見えない。なのに妖怪たちに好かれる。

「あしたの朝のおむすび、楽しみにしてたのに」

食べ終えた特大パフェの後片付けは毛倡妓に任せて、琳は手持無沙汰《ぶさた》に窓の外を見やる。

雨はやみそうにない。

「またすぐに戻ってくる」

玲が、パフェの最後のひと口を平らげて応《こた》えた。

「お得意の千里眼か?」

あいかわらずなんでもお見通しみたいな顔しやがって! と琳がおもしろくなさそうに毒づく。

「ただの予測だ」

千里眼を使うほどのことでもないと玲がバッサリ。

「……」

「……」

互いに尻尾を逆立て睨み合うものの、結局喧嘩《けんか》にはいたらなかった。間に入ってくれる桜川がいないのでは、喧嘩しても無駄な消耗だ。

「つまんない」

仔猫琳が大きなあくびをする。ぽんっ！　と、弾ける音とともに人型に変化すると、「寝る」とリビングダイニングを出て行った。

残された玲も、同じく人型に変化して、ダイニングテーブルに腰を下ろし、数学書を開く。長い時間を生きる間に、暇をつぶす方法はいくつか身につけた。今世のうちは、数式が興味を満たしてくれるだろう。

猫又と妖狐《ようこ》が人間の兄弟に生まれついた偶然とか、桜川との出会いの意味とか、そんなものは考えるだけ無駄だと思っている。

桜川の発するエネルギーが心地好《よ》い。琳と玲が桜川を気に入っているのは、ただそれだけの理由だ。

2

捜査本部に呼び戻された桜川がコンビニのレジ袋を手に月神家に戻ることがかなったのは、翌日の深夜近い時間だった。

レジ袋の中身は、シュークリーム。

これも兄弟の好物だ。

桜川の気配を察したかのように、真っ暗だった玄関にぽうっと明かりが灯《とも》る。電球の明かりではない。この家に棲《す》みつく者が桜川を出迎えているのだ。

キッチンもリビングもひっそりしている。桜川の言いつけを守って、ちゃんと人としての時間に睡眠をとっているようだ。

琳の部屋を覗くと、シングルベッドの枕のあたりが、ぽこりと膨らんでいる。ブランケットをそっとめくると、仔猫琳が丸くなっていた。

小さな頭をそっと撫《な》でる。耳がピクリと反応した。

緋眼《ひがん》がうっすらと開く。

「桜ちゃん……？」

すり……と、桜川の手に鼻先をすり寄せてくる。

緋眼がパチリ！　と開いた。

「シュークリームの匂い！」

ぴょこん！　と跳ね起きる。琳の現金すぎる反応に、桜川はガックリと肩を落とした。

緋眼がキラキラと桜川を見上げる。

苦笑して、桜川は仔猫琳を抱き上げた。

隣の玲の部屋を覗くと、琳の声で起きたのか、仔狐玲が不服顔でベッドに起き上がっている。

仔猫琳を肩に、仔狐玲を抱き上げる。喧嘩をはじめないように、琳とは反対側の肩に乗せた。

「うるさいぞ」

「じゃあシュークリームいらないんだな！」

桜川を挟んで、二匹がふーっ！　と毛を逆立てる。

「唸《うな》らないの」

いい仔にしていないとシュークリームはおあずけだぞ、と諌《いさ》めると二匹はようやくおとなしくなる。

二匹を肩に乗せたまま、紅茶を淹《い》れて、真夜中のティータイムと洒落《しゃれ》込む。

コンビニのシュークリームのパッケージを開いて皿に移し、琳と玲のまえにおのおの置く。いや、正確には、離して置いた二枚の皿のまえに、二匹をおのおの下ろす。

基本的に食事のときは人型で箸《はし》を使うようにと言い聞かせている桜川だが、おやつのときは大目に見ている。何より、自分の目の保養だ。

自分の軀《からだ》ほどもあるシュークリームに、二匹は「いただきます！」とかぶりついた。満足そうに、カスタードクリームを頬張る。

二匹はダブルクリームやパイ皮を使った凝ったシュークリームより、カスタードクリームだけのシンプルなシュークリームが好きなのだ。

その様子を微笑ましく眺めながら、桜川も温かい紅茶をいただく。

二匹がペロリとシュークリームを平らげるのを見て、桜川は未開封だったもう一個のシュークリームを開け、丁度半分にわって、琳と玲の皿にのせた。「いいの？」という顔で二匹が桜川を見上げる。「いいよ」と頷《うなず》いてやると、兄弟は嬉《うれ》しそうに、溢《あふ》れるカスタードクリームに顔を突っ込んだ。

「事件は？　解決したのか？」

口許《くちもと》についたクリームを舐《な》めとりながら、玲が尋ねてくる。

「帳場は解散したよ。急展開でさ、無事犯人逮捕」

桜川が柏井のいる所轄署で調べてきた内容は、今後の取り調べでおおいに役立つはずだ。

「事件にケリがついたと思ったら、またお節介癖か？」

「ひどいなぁ」

「本当のことだろ」

突き放す言い方をしながらも、その話をしに来たのではないのかと、話を振ってくれる。

「ありがとな、玲」

小さな頭を撫でると、玲はウザいとでも言わんばかりにそれを振り払った。そのくせ、ふわふわの九尾を絡めてくる。

「雨の匂いがしたぞ」

琳が「哀しみの匂いだ」と言うのを聞いて、桜川はゆるり……と目を瞠《みは》った。

琳のヒゲについたクリームを拭《ぬぐ》ってやって、指先で耳と耳の間を掻《か》く。仔猫琳は気持ちよさそうにヒゲを震わせた。

「ひき逃げ事案なんだけど……」

桜川は、所轄署で遭遇した事件について、掻い摘《つま》んで説明した。

土砂降りの雨のなかで起きたひき逃げ事故。

だが、ただのひき逃げではなく、故意に引き起こされた事故である可能性があること、雨のせいで微細証拠が流されてしまって捜査を困難にしていること。

そして何より——。

「お嬢さんがな……父ひとり子ひとりだったらしくて、可哀想でさ」

ひき逃げ事故というだけでも充分すぎるほど理不尽なのに、犯人が逮捕されないのでは憤りのぶつけ場所もない。

腕のなかで泣き疲れて眠った少女の頬に残る涙の跡を思い出すと胸が痛む。

柏井を信頼していないわけではないが、聞いた状況ではかなり難しい。……というか、正直なところお宮入り必至だ。

なんとか二匹の興味を惹《ひ》こうと話をしていた桜川だったが、予想外に食いつきがよかった。

「娘？」

まずは琳がくるっとつぶらな目を瞬く。

「ああ」

頷くと、さらに興味津々と追及をはじめる。

「可愛い子か？」

「……？　まぁ、可愛かったな」

笑顔を見たいと思わされる子だった。父子家庭とのことだったが、母親はきっと美人だったろう。

「ふぅん」

「なんだ？」

「桜ちゃんも男だよなー」

「……？」

何を言い出したのかと首を傾げる桜川に、琳が揶揄《やゆ》口調で言う。

「惚《ほ》れたんだろ？」

「……は？」

予想外の言葉に目を丸くする桜川の手を「照れるなよ」と二股《また》尾でぺしぺしと叩《たた》いてくる。

「あのなぁ」

相手は小学生……と説明するより早く、二匹が騒ぎはじめて、説明がつづかなくなる。

「脈拍が速くなった」

玲が余計なことを言う。

「やっぱり！」

琳がにゃはっ！　と楽しそうに桜川の肩に飛び乗ってぴょんぴょんと跳ねた。

「妙なところに妖力《ようりょく》使うなよ！」

琳を煽《あお》るな！　と涼しい顔の仔狐玲に手を伸ばすと、ぴょんっ！　と跳ねてテーブルの定位置へ。妖力で重い数学書を開き、ページを捲った。

「まったくもう。ともかく、その子のためにも、早く解決してあげたいんだよ」

もろもろ説明を諦《あきら》めて、ともかく二匹に協力を承諾させることを優先する。

「困ってるんだよなー」

琳の二股尾をいじりながら聞こえよがしに呟《つぶや》く。

「雨は厄介だな」

琳がうーん…と唸った。

「匂いも流されるからな」

玲が淡々と言う。

「でも、おまえたちなら、なにか見つけられるんじゃないか？」

妖怪《ようかい》のプライドを軽く刺激してやる。

だが、今回に限っては、そんな必要はなかった。

「行こ」

琳が桜川の手に擦り寄ってくる。自分から行動に出るなんて珍しいこともあるものだと訝《いぶか》っていると、「桜ちゃんの番《つが》い相手獲得のためだからな」などと、頓珍漢《とんちんかん》なことを言いだした。

「そのために来たんだろう？」

昨夜《ゆうべ》も徹夜だったろうに酔狂なことだと、仔狐姿で数学書を捲《めく》る玲に冷やかに言われて、おいおい……と思ったものの、二匹が自らその気になっているのなら水を差すこともないかと放置を決めた。

「付き合ってくれるか？」

二匹は顔を突き合わせ何やらヒソヒソと相談ごと。いつもは喧嘩《けんか》ばかりしているくせに、妙なときばかり仲がいい。

くるんっと二匹同時に振り向いたかと思えば、ユニゾンで響くおねだり。

「スイーツバイキング！」

くりくりお目目に見上げられて、桜川に降参以外の選択肢があるのなら、誰か教えてほしい。

「わかったよ」

でもホテルのブッフェは高いからスイ◯ラで勘弁な、と取り引き完了。

桜川の手にじゃれていた琳が、ぽんっ！　と人型をとる。ベッドに入るときに着替えたのだろう、薄いパジャマ一枚の姿だ。

「あったかい恰好《かっこう》に着替えて。上着をわすれるなよ」

桜川の指示に、琳は「はぁい」と部屋へ駆けていく。

「妖怪は人間と違ってカゼなどひかない」

玲が数学書に視線を落としたままボソリと言う。

「わからないぞ。鬼の霍乱《かくらん》なんて言葉があるくらいなんだから」

玲も上着をとってくるようにと言うと、ようやく数学書を閉じて腰を上げた。


月神家のガレージには、埃《ほこり》をかぶった国産セダンが一台置かれている。

兄弟を置いて田舎暮らしをはじめた両親が、大学生の玲が使うだろうと残していったらしいが、玲がステアリングを握ることはなく、たまに兄弟を連れ出すときに桜川が借りている。

仕事なら捜査車両を使えるが、今回は完全プライベートだ。でなければ、所轄の縄張りを荒らすことになる。柏井はともかく、他の刑事たちに目撃されでもしたら余計な騒ぎになりかねない。

助手席に琳、後部シートに玲。

なぜか最初のときから、兄弟が席取りで争うことはなかった。

好奇心旺盛《おうせい》な琳と、後ろでゆったりとしていたい玲の、価値観の違いが良い方向に働いた数少ない例だ。

いつもこれくらい静かならいいのに……と思いながら、安全運転を心がける。

「どこ行くんだ？」

琳がナビを覗《のぞ》き込む。現在走っている場所の地図は表示されているものの、目的地は設定されていない。

「山のほうだ」

ナビを作動させていないから、琳と玲には行き先がわからないのだ。

都内全域のおおまかな道路地図が、桜川の頭に入っている。参加したことのある帳場が置かれた所轄署の管轄地域なら、もっと細かな住宅地図まで記憶されている。主要な幹線道路を使う限りナビに頼る必要はない。

「遠いのか？」

お菓子を持って来ればよかったと琳が口を尖《とが》らせる。

「帰ったら、おむすびつくってやるから」

「やった！」

約束だぞ！　と助手席から身を乗り出してくる。

「危ないから前見てなさい」

「はぁい」

視界の端に映る琳の横顔は、闇夜の猫よろしく人型をしていても大きな瞳《ひとみ》が輝いているかのように見える。バックミラー越しに後部シートを確認すると、玲は腕組みをして、つまらなそうに車窓を眺めていた。

郊外へ走れば、東京にもまだまだこんな自然が残されているのかと思わされる光景が広がる。

事件が起きたのとさほど変わらない時間に、現場に着くことができた。

道路の両側には鬱蒼《うっそう》と茂る森。片側が斜面になっていて、舗装の古いアスファルトも斜めになっている。

道路のもう片側は、崖崩《がけくず》れ防止ネットが張られ、その上には、地面に根を張り斜めに育つ針葉樹。

山道にはよくある光景だ。左側の斜面を見ると、不法投棄のゴミが散乱している。鑑識捜査を面倒にした要因のひとつだな……と、桜川は理解した。

桜川の肩の左右に、車を降りた仔猫《こねこ》琳と仔狐玲が跳び乗ってくる。

空気の匂いを嗅《か》ぐように、琳が鼻先を上げた。

「なんか匂うか？」

「んー……？　いろんなやつの匂い」

琳が鼻をヒクヒクさせる。

「森だからな」

玲があたりまえのことを言うなとぞんざいに返した。

「うるさいなー」

琳がフーッ！　と二股尾を逆立てる。が、玲は取り合わない。

「ケンカしない」

琳の額をちょんちょんと指先でつつく。琳はぷーっと頬を膨らませながらも、「わかったよー」と逆立てていた毛を鎮めた。

「少し歩くか……」

事件現場を中心にして左右に五十メートルほど、外灯もまばら……というか、山道を照らすものはほとんどない。桜川としては懐中電灯を持ちたいところだが、二匹が気が散ると嫌がるので車から持ち出さなかった。

「犬の匂いだ」

玲が呟いた。

「野犬か？　それとも民家が近いのかな？」

桜川が首を巡らせる。民家の明かりは見えないが……。

「飼い犬の匂いだな」

玲の言葉を受けて、琳が鼻をクンクンさせ、小首を傾げた。

「そんなことまでわかるんだ？」

桜川が「すごいな」と感心しても、玲の反応は薄い。「あたりまえだ」と短く吐き捨てるのみだ。

かわりに琳が、「人間と一緒に暮らしてるから、獣としての匂いが薄まるんだ」と教えてくれた。

「へえ……そういうものなのか」

田舎だと、家も大きいし敷地も広いから、通りまで明かりが届かないことも考えられる。

「民家を探すか……」

すると、遠くから梟《ふくろう》の鳴き声。このあたりにもいるのだなぁ……と思っていたら、琳が

「あっちに家があるって」と、鼻先を突き出した。

「今の……」

教えてくれたのか？　と桜川が目を瞠《みは》っても、琳も玲も涼しい顔。

動物たちのすべてを操れるわけではないようだが、強力な妖力で味方につけることはできるらしい。

車はその場に路駐させてもらうことにして、琳の言う方向に歩いてみる。すると、山道から少し入ったところに、石積みの壁がみえてきた。

斜面を平坦《へいたん》に均《なら》すための石積みだ。いかにも田舎の農家のつくりの家が現れて、広い敷地の奥の方に民家の明かりが見えた。

農機具を納める納屋と車庫、平屋の離れに囲まれた母屋。都心の狭い住宅事情を思えば羨《うらや》ましい限りだが、ここらにはここらの、暮らしの苦労があるはずだ。

「犬……」

玲が呟く。

ほぼ月明かりしかない闇のなかで目を凝らすと、母屋の玄関横に犬小屋が見えた。

「ワンコいるかな」

最近は室内飼いも多いが、この環境なら外飼いされていてもおかしくない。

住人にみつかったときには、警察手帳のお世話になるしかないが、できるだけこっそりと済ませたい。

「お邪魔しまーす」

小声で断って、敷地内に足を踏み入れる。下手を打てば、警察官だって不法侵入に問われかねない。

そっと近づくと、犬小屋で影が動いた。

むっくりと起き上がったのは、つぶらな瞳の柴犬《しばいぬ》。

「わふ」

人懐っこい犬のようで、お座りをして、くるんっと巻いた尻尾《しっぽ》をパタパタと振る。歓迎してくれるのは嬉《うれ》しいが、この状態で番犬の役目は果たせるのだろうかと心配になる懐っこさだ。

「しっ。静かにしててくれよ」

唇に指を当て、しーっと言い聞かせる。柴犬は、頷《うなず》くかのように鼻を鳴らして尾っぽを揺らした。

「貴様に訊《き》きたいことがある」

玲が柴犬に命じると、それまで桜川に愛想を振りまいていた柴犬が、しゃんっ！　と玲を見上げた。

「ワン！」と口を開いて吠《ほ》えたはずなのに、鳴き声は聞こえない。人間には聞こえない言葉でやりとりしているのかもしれない。

玲の金眼が輝く。

九尾がふわり……と広がる。

柴犬はじーっと玲を見上げて動かない。

ややして玲が、「ふぅん？」と首を傾げた。

「どうした？」

柴犬が何か目撃していたのだろうか。

そんなに都合よくはいかないだろうと思いつつも、手がかりになればと期待を膨らませる。

「事件現場から少し離れたところで、仔犬が保護されたらしい」

玲が柴犬から聞いた話によれば、ひき逃げ事件の翌日のことだという。

前夜の大雨に濡《ぬ》れて体力が持たなかったのか、五匹の兄弟のうち、三匹は冷たくなった状態で発見され、一匹はいまだに重体で動物病院に入院中、残る一匹はかろうじて助かって、近隣の民家に保護されているという。

「捨て犬、か……」

ふむ……と唸《うな》る。

不法投棄のゴミがあれだけ散乱した場所だ。犬を捨てようとする不届きな輩《やから》がいてもおかしくはない。

雨の夜……ひき逃げ……捨て犬……。

「仔犬？　なんか関係あんのか？」

考え込む桜川の耳元で、琳が「もっとマシな情報はないのか」と文句を言う。玲がおもしろくなさそうに眦《まなじり》を吊《つ》り上げた。

「それを調べるのが桜の仕事だ」

なにか変わったことはなかったか？　と訊いただけだと九尾を逆立てる。

左右の肩で、仔猫と仔狐が睨《にら》み合う。「仔犬か……」と考えを巡らせながら、桜川は指先でちょいちょいちょいっと二匹をあやした。

「行ってみようか」

遠いのかな？　と確認する。

近隣とは言っても、都会と田舎では距離感覚がまるで違う。遠ければ車で移動したほうがいい。

とりあえず来た道を戻るか……と、踵《きびす》を返そうとすると、肩の上で玲が「めんどい」と呟《つぶや》いた。

直後、唐突に桜川の前方の空間に歪《ゆが》みが生じ、渦のように中心へ向かって空間が吸い込まれていく。

次の瞬間、桜川の眼前の景色が変化していた。

とは言っても、先ほどと大きく変わった印象はない。それでも、違う家のまえに立っていることはわかる。

「……ったく、妖力《ようりょく》の無駄遣いだぞ」

「このくらい平気だ」

桜川の忠告に、玲は耳を貸さない。「言うこと聞きなさい」と額をツンっと突いてやる。

玲はつーんっとそっぽを向いた。

目の前には一軒の住宅。さきほどの家と同じようなつくりだが、敷地の隅の椎《しい》の大木が印象的だ。御神木かもしれない。

「やな木だな」

琳が呟く。それだけパワーのある大木だということだろう。樹齢はどれくらいになるのか。数百年は経ってそうだ。

「この家に仔犬が引き取られたのか？」

「そうらしい」

さすがに室内飼いされているだろう。かといって、こんな時間に訪問するわけにもいかない。

「玲、頼めるかい？」

「しょうがないな」

今度もまた「失礼します」と断って、敷地に入る。

足音を完全に消すことはできないが、砂利は鳴らない。琳か玲が音を消しているのだ。

玄関前に立つと、玲が桜川の肩からぴょんっ！　と跳躍する。引き戸の玄関扉にぶつかる！　と思った瞬間、吸い込まれるかのように、仔狐の姿が玄関の向こうに消えた。

「少し離れたところで待っていよう」

椎の木のところまで戻って玲を待つことにする。琳が大木を見上げた。

「何かいるのかい？」

大木に妖怪《ようかい》でも棲みついているのだろうか。

「樹齢を重ねた大木は神格化されるからな。俺たちとは似て非なるものだ」

「御神木ってことだろう？」

それを御神木と言うのだろう？　と、にわか知識を持ち出す。それとも神社仏閣の敷地内にないと、御神木とは呼ばれないのか？

「民家を守る木だからそこまでの力はないけど、この家の人間を守ってるのは確かだよ」

根元の祠《ほこら》に主もいるし、と琳が言う。その緋眼《ひがん》がキランッと輝いた。

「主？」

「蛇」

「へえ……」

代々大切にされてきた大木が、家の守り神になっているのだ。その根元の穴に蛇が住んでいる。目を輝かせる琳は、猫の習性を刺激されているのだろう。

仔犬がこの家に引き取られたのにも、もしかしたら関係があるかもしれない。パワーのある土地や樹木や岩や、そういったものは、良くも悪くもさまざまなものを引き寄せる。

椎の木がザワワッと葉を揺らす。

桜川の耳には、この地で起きた悲劇を嘆いているかのように聞こえた。

仔犬の気配を追って跳躍したら、居間と思《おぼ》しき八畳間だった。

部屋の片隅に置かれたケージのなかで、焦げ茶色の毛並みの仔犬が一匹、すやすやと眠っている。

一見すると大型犬の仔犬に見えるが、ミックス犬だ。そのあたりが、捨てられた理由かもしれない。

「おい、起きろ」

玲が命じると、仔犬の耳がピクリ、鼻がヒクヒク。

「クゥン」

眠そうな目を開けて、仔犬が玲を見上げる。

「起きろ」

玲が再度命じると、仔犬はのろのろと起き上がり、仔犬なりにしゃんっとお座りをした。

多少頼りないのは愛嬌《あいきょう》のうちだ。

「おまえが捨てられた夜、近くでひき逃げ事件が起きた。何か見ていたなら話せ」

「きゅぅん？」

「……」

仔犬のつぶらな瞳《ひとみ》と見つめ合うことしばし、玲は深いため息とともに諦《あきら》めた。

「こんなチビではなんの役にも立たんな」

自分もチビ助のくせして、玲が吐き捨てる。

「まぁいい。ならば、見せろ」

玲が金眼を輝かせると、仔犬はぴくんっと固まった。目は開いているが、眠っているような状態だ。

その仔犬の記憶を探る。降りしきる雨と、体の芯《しん》まで凍える寒さ、兄弟たちの弱々しい鳴き声。視界が狭いのは、ダンボール箱のなかだからか。

さらに記憶の奥を探る。仔犬は状況をまったく理解していない。それでも、目に映るものは記憶されている。

言い争う人の声がふたつ。

だがかそれも、地面を叩《たた》く雨音にかき消されがちだ。

仔犬の体力はどんどん奪われて、視界が狭くなっていく。寒いよ……お腹空《す》いたよ……

と弱々しく鳴く声の切なさが、玲の内にも入り込んでくる。人間の身勝手さと愚かさに忌々《いまいま》しさを覚えて、玲は小さく毒づいた。

やはり人間は嫌いだ、と思う。桜川の頼みでなかったら、誰が力など貸すものか。

やがて、玲に記憶を探られたことで疲れたらしい仔犬は眠ってしまった。これ以上、記憶を探っても無駄だと判断して桜川のもとに戻ることにする。

温かな気配を探して跳躍した。


琳の気配を察したのだろう、様子を見に顔を出した主――青大将は、琳の正体に気づいて蒼褪《あおざ》めた――ように桜川の目には見えた――ものの、巣穴に逃げ込むまえに琳に捕まってしまった。

何を話しているかはわからないが、琳にビクビクしながらも、相手をしている様子。桜川の目にはただの蛇にしか見えないが、そこそこ長く生きているのだろう。

青大将を解放した琳がぴょんぴょんっと戻ってきて、桜川の肩に跳び乗る。そして主から聞き出した話を教えてくれた。

「助からなかった仔犬は、この家の裏にお墓つくってもらったんだって」

「そうか……いいおうちの人に助けられたんだな」

ありがとう……と、琳の耳と耳の間を撫《な》でてやる。仔猫《こねこ》琳は心地好さそうにゴロロッと喉《のど》を鳴らした。

動物病院に入院している一匹も、助かるといいのだけれど……。

「玲？」

気配を感じて顔を向けると、住宅の玄関からぽうっと光る玉が飛び出してくる。ぴょんぴょんっと跳ねて、桜川の肩に飛び乗った。

「お帰り、玲」

どうだった？　と尋ねる。

玲はむすっとした顔で、「記憶を探った」と答えた。「チビすぎて、話を聞くこともできん」と吐き捨てる。

「捨てられたときの状況はわかったが、それだけだ」

動物病院に入院しているやつの記憶も探ってみたほうがいいかもしれない、と言う。そうして、仔犬が記憶していた状況を端的に報告してくれた。

「玲？」

ふくれたほっぺたを桜川がつつくと、玲の九尾がうざったげにそれを払った。玲は何も言わないが、桜川がそれに気づかないわけがない。

つぶらな金眼が、冷えた色を湛《たた》えている。

「ごめんな。嫌な役目をさせちゃったな」

玲の小さな口からどんな文句が紡がれるかわかっていながら、そう言うよりほかない。

「これだから人間は嫌いなんだ。愚かで浅はかで、つける薬がない」

「そうだな」

返す言葉もないよ、と苦笑で返す。

玲は決して人の愚かさを憂いているわけではない。そんな感傷など持ち合わせていないというのが妖怪の言い分だ。

感じたままを口にしているにすぎないのだろう。昔も今も人間はかわらないと、何百年だか何千年だか生きた経験値から語っているのだ。

「死にかけの仔犬の記憶じゃ、たいした情報にならないな」

琳の発言に、玲がピクリと耳を反応させた。桜川が「言葉に気をつけなさい」と琳を諫《いさ》めるまえに、玲が反応する。

「なら、貴様がなんとかしてみせろ」

「民家のあたりならともかく、山道のほうまでなんて野良猫も行かないさ」

「だったら口を挟むな、役立たずめ」

「なんだと！」

琳がふーっ！　と二股《また》尾を逆立てると、玲も九尾をぶわわっと広げて前傾姿勢。今にも取っ組み合いをはじめそうな二匹を、慌てて掴《つか》んで肩から下ろし、胸にぎゅっと抱いた。

「こらこら、騒いで住人に気づかれたらどうするんだっ」

しーっと人差し指を唇に当てる。

琳はむーっと口をへの字に曲げたあと、桜川のスーツの胸元に潜り込んだ。自分の活躍の場がなくて拗《す》ねているのだ。

ぽこりと膨らんだ胸元をぽんぽんと撫でて、玲を肩に戻し、ようやく雨の上がった夜空を見上げる。黒い雲の切れ間から、月が覗《のぞ》いている。

「明日《あした》、獣医を訪ねてみるかな」

瀕死《ひんし》で入院している仔犬から何を聞き出せるわけもないだろうが、運び込まれたときの状況を獣医から聞き出すことはできる。その隙に、玲に仔犬の記憶を覗いてもらおう。

が、ひとつ問題がある。

「さっきの柴犬《しばいぬ》、どこの動物病院かまではわからないだろうなぁ……」

スマートフォンを取り出して、試しに近隣の動物病院を検索してみる。一軒だけヒットがあった。

よほど評判が悪くない限り、ここらのペットはまず間違いなくこの動物病院をかかりつけにしているだろう。瀕死だったことを考えても、ここに運び込まれた可能性が高い。

二度手間になるが、いったん戻って出直すよりほかない。

玲に余計な妖力《ようりょく》を使わせたくないから、夜道を歩いて車に戻ることにする。玲は面倒くさいなどと言っていたが、実際は三十分ほどの道のりだった。この程度、歩くことになれている刑事にとってはたいした距離ではない。

ひき逃げ事件の現場近くまできたところで、玲が鼻先を上げた。琳も、スーツの胸元からぴょこりと顔を出す。

「人間の匂いだ」

「誰かいる」

玲の指摘に頷《うなず》いて、琳も長いヒゲをぴくぴくさせる。

事故現場近くに路駐しておいた車を覗き込む人影。その向こうに、ハザードをつけた一台の車が停められている。

二匹をどうするか。

人型をとらせるべきか、それとも今のまま、ポケットのなかに隠れさせるほうが無難か。

「車の持ち主さん？」

声がかかって、桜川は警戒を解いた。聞き覚えのある声だったからだ。それを感じ取ったらしい二匹も軀《からだ》の力を抜く。「ポケットに隠れてろ」と小声で言い聞かせて、車に歩み寄った。

「桜？」

影の主は柏井だった。

向こうに停められている車を確認すると、所轄署の捜査車両だ。

「よお」

「おまえ、なんで……」

言いかけて、合点がいった顔で嘆息する。

「お節介め」

少女のことが気にかかって現場を見に来たのだろうと指摘される。

「言うなよ」

でしゃばったことをして悪かったと詫《わ》びた。

「俺でよかったな。ほかの誰かに見つかってたら、大事だったぞ」

「こんな時間に現場に来るような刑事、おまえくらいだろ」

こんな面倒な事件に本気で取り組む気のある捜査員など、そうそういない。現時点では迷宮入りの可能性のほうが高いのだ。

「何か見つけられるんじゃないかと思ってさ。時間を追うごとに、証拠は失《う》せる」

「糸くずひとつ見逃さない鑑識が、何も見つけられなかったんだろ？」

「まぁな。くそ忌々しい雨だ」

しかも、この道路が川のように見えたくらいの雨水が流れていたとなれば、どんな証拠も流されてしまう。雑木林のなかを捜索するには、人海戦術が必要で、組織を動かすには、何がしかの説得材料が必要となる。柏井はその段階で足止めを食らっているのだ。

すると、雑木林を睨《にら》んでいた柏井が、首を傾げて桜川を見やった。その視線が落ちる。

「……？　なんだ？」

スーツのポケットに視線を止めて、怪訝《けげん》そうな顔。

――気づいた？

こういうとき、二匹は完全に気配を消しているのだが……。

桜川が反応するより早く、琳がぴょこり！　と顔を出す。暗がりに黒猫だから、すぐに仔猫とわからなかったのか、柏井はじっと顔を寄せた。

「仔猫？」

「あ、ああ……」

するとと反対側のポケットから、玲も顔を半分出す。

「……」

さすがの柏井も反応できない顔で仔狐を見た。

「……変わったペットだな」

「……はは」

仔猫はともかく仔狐？　とひとしきり驚いて、それから目を細める。

「おいで。怖くないぞ」

二匹に手を差し伸べる。桜川が頷くと、まずは琳がぴょんっと柏井の手に跳び移った。

「うわ、懐っこいな」

「うみゃん」

完璧《かんぺき》に仔猫のふりをして、琳が愛想を振りまく。柏井の目に、琳の尻尾《しっぽ》は一本にしか見えていないようだ。

「最近はやりのフェネックってやつか？」

玲を見やって、柏井が尋ねる。

「いや、普通の銀狐だよ」

「へぇ……慣れるのか？」

「どうかな。人見知りは激しいけど」

玲はポケットから出ようとしない。それでも、金眼でじーっと柏井を観察している。琳も、じゃれているふりで柏井を観察している。二匹のやり方が違うだけだ。

「忙しいのに、よくこんな小さいの飼ってられるな」

「まぁ、なんとか」

「そっか……俺も犬飼おうかな」

琳を高い高いしながら柏井が言う。琳はその緋眼《ひがん》で——柏井には碧眼《へきがん》に見えているはずだが——柏井をうかがう。

「アニマルセラピーってあるだろ？」

「……ああ」

「おふくろがさ、喜ぶんだよな」

施設で行われるアニマルセラピーの日、訪れる犬たちとの触れ合いに、病気の母親が笑顔を見せるというのだ。

「いいかもな」

「そう思うか」

桜川がポケットから車のキーを取り出すと、それに気づいた柏井が提案を寄越《よこ》す。

「よかったら、うちに来ないか」

「え？」

「これから戻るんじゃ、朝になっちまうだろ？」

それでは仮眠も取れないではないかと言う。ここは所轄署管内だから、柏井の自宅も遠くないはずだ。

「この仔たちが平気なら、だけど」

琳を撫《な》でながら言う。

「それじゃ、おまえが休めないだろ」

ひき逃げ事件の通報を受けてからずっと休んでいないのではないかと指摘する。柏井は「こんな機会、めったにないだろ」と笑った。

「じゃあ、お邪魔させてもらうよ」

琳が、柏井の腕からぴょんと跳ねて、桜川の肩に戻ってくる。

「へぇぇ……慣れてるなぁ」

感心しきりと目を丸める。半分人間のようなものだから……と説明するわけにもいかず、桜川は「まぁ」と笑って誤魔化した。

　捜査車両のあとをついてこいと言うので、別々に車に乗り込む。

　前を行く柏井の捜査車両を追って車を走らせはじめたところで、玲がボソリと言った。

「あいつ、死の匂いがする」

「……え？」

「あいつ自身じゃない。あいつの周辺に死期の近い人間がいる」

　そういうことか、と桜川は納得した。

「母親が、もう長く入院してるんだ」

「ふぅん」

　玲が、興味を失くしたかのように、ポケットの奥に引っ込む。入れかわりに、琳がするすると肩によじ登ってきた。

「あいつ、勘がいいから引っ張られやすいぞ」

「どういう意味だ？」

　ぎょっとして尋ねる。

「気配を消してたのに、俺たちに気づいた」

　それにはたしかに桜川も驚いた。これまで気づいた人間はいないのだ。

「そういう勘の鋭いやつは死臭に引きずられやすい」

霊感とまではいかなくても、勘の鋭い人間や、人一倍感受性の強い人間はいる。柏井はそういうタイプだと琳は説明した。

人の感情を読み取ることに長《た》けていたり、人が発する陽のエネルギーや負のエネルギーを感じ取りやすい人間はたしかにいる。どちらかといえば桜川もそのタイプだ。

同じ班ではなかったが、柏井は捜査一課時代、新人のころから取り調べが上手《うま》かったと聞いている。刑事として積み上げた経験値からの取り調べテクニックではなく、そういう感覚の鋭さ故の特性だったのかもしれない。

「じゃあ、俺は？」

気配を感じるどころか、最初から二股《また》尾も九尾も見えた自分はどうなのだ？　と問う。

琳は長い尾で桜川の首筋を擽《くすぐ》りながら答えた。

「桜ちゃんは平気だ。あいつは中途半端なんだ」

「そういうものか……ちょっと、琳、くすぐったいよっ」

ハンドリングをミスったらどうするのだと、じゃれる尾を払う。琳は桜川の肩の上で蹲《うずくま》った。不思議なことに、こういうときに二匹の重さはほとんど感じない。

十五分も走らなかったのではないだろうか。一軒の民家のまえで柏井は車を停めた。庭が広いから、家人の車以外にもう二台ほど停められるスペースがある。

「親父の実家なんだ」と柏井は説明した。病院にも所轄署にも近くて便利なかわりに、買い物には苦労すると玄関のカギを開けながら笑う。

「いいな、広い家」

「掃除が大変だぞ」

待機寮暮らしから引っ越した当初は、掃除のことや、まして庭の草むしりのことまで頭になかったと柏井が肩を竦《すく》める。そう言われると、一軒家へのあこがれも失せるというものだ。桜川は苦笑した。

室内に一歩足を踏み入れた正直な印象は、寂しい家、というものだった。そして、琳と玲と出会う前の自分の部屋に似た空気だと気づく。

招き入れられた居間の奥、古いつくりの民家は、二間つづきで奥が仏間になっている。立派な仏壇に位牌《いはい》と写真が飾られているのを見て、桜川は「ごあいさつさせてもらうよ」と断り、仏壇の前に座った。琳と玲はポケットのなかだ。

線香を立て、手を合わせる。位牌は柏井の父親のものだ。隣に飾られた写真には、正装で敬礼する警察官が写されている。目許《めもと》が柏井に似ている気がした。

「さんきゅ」

柏井に肩を叩《たた》かれて、居間に戻る。左右のポケットから琳と玲が顔を出した。

「桜、腹減ってないか？」

スーツのジャケットを脱ぎ、ネクタイのノットをゆるめながら、柏井が尋ねてくる。

「いや、俺は大丈夫だ」

桜川の代わりに琳が目を輝かせたが、他所様《よそ》のお宅でお行儀が悪いと額をつつく。

「つっても、米くらいしかないいんだけどな」

キッチンで冷蔵庫を漁《あさ》りながら返す柏井の手には、電子レンジで温めるタイプの白米とレトルトのカレーがあった。

「先に風呂《ふろ》入って来いよ。なんかつくっておいてやる」

断って冷蔵庫を覗《のぞ》くと、卵と瓶詰の鮭フレーク、冷凍庫にはとうに賞味期限の切れた冷凍野菜。一応自炊しようと試みるものの挫折《ざせつ》した経緯がうかがえる。

「客なんだから、おまえ先に使えよ」

「客だから、あとのほうが気楽でいいんだ。それに、こいつら洗ってやりたいし」

左右のポケットから顔だけ出している琳と玲をさして言う。いいか？　と尋ねると、柏井は「もちろん」と頷いてくれた。

「生米もあるのか」

まったく手つかずの米を見つけた。どうせなら、ちゃんと炊いたほうが美味《うま》い。

「そういやおまえ、無駄に料理得意だったよな」

土鍋《どなべ》を探し当て、米を研ぎはじめた桜川を見て、柏井が呆《あき》れた風に言う。「無駄ってなんだ」と返すと、柏井が思い出し笑いをした。

「昔、同期でバーベキューやったとき、女子に引かれてたもんな」

「え？　マジ？」

ずいぶん昔の話だ。まだともに交番勤務だったころ。

「女子力高すぎるのも考えものだぞ」

桜川が上手すぎるから、女子の立場がなかったと柏井が笑う。

「……そういうもんか」

良かれと思って手伝ったのに……。

「そういうもん」

残念なやつだな～と肩を叩いて、柏井は風呂に消えた。

その間に米を炊き、鮭フレークと卵と冷凍野菜であんかけ炒飯《チャーハン》の準備をする。米は多めに炊かせてもらって、二匹のためのおむすびも握ることにした。さらに残った白飯は、冷凍しておけば柏井が食べるだろう。

柏井と入れ替わりに風呂を使わせてもらい、二匹を洗ってやる。風呂を上がると、柏井のものと思われるスウェットが用意されていた。

「タオル一枚、こいつらに使わせてもらったけど、よかったか」

タオルに二匹をくるんで風呂から出てくると、柏井が冷蔵庫から缶ビールを二缶、出したところだった。

「お！　ふわふわになったな」

タオルごと、柏井の腕に二匹をあずける。準備しておいた料理を仕上げてテーブルに出すと、柏井が呆れた顔で「やっぱおまえ、女子力高すぎ」と笑った。

「いやなら食うな」

「ありがたくいただきます」

言いながら、桜川に缶ビールを差し出してくる。

「おまえは？」

炒飯の皿がひとつしかないことに気づいて、柏井が尋ねた。

「おれはこっち」

桜川が指さしたのは、おむすびの皿。鮭フレークと同じく冷蔵庫の奥から発見した海苔《のり》の佃煮《つくだに》を握ってある。

「ほら、好物だろ？」

おむすびを小皿にとって、琳と玲を呼ぶ。タオルごと柏井に抱かれていた二匹がぴょんっと跳び出した。そして、ともに「いいの？」と小首を傾げ――柏井がいるから可愛い子ぶった演技をしているのだ――桜川が片頬を引き攣《つ》らせつつ頷《うなず》くと、嬉《うれ》しそうにおむすびを頬張りはじめる。

「へぇぇ……おむすびが好きなのか？　変わったニャンコとキツネだなぁ……」

缶ビールで乾杯をして、深夜の晩餐《ばんさん》と洒落《しゃれ》込む。

「美味い！」

柏井があんかけ炒飯の味に感嘆を零《こぼ》すと、琳が「だろ？」と言うように「みゃっ」と鳴く。

「おむすびも美味いか？」

柏井が目を細めて訊《き》く。鳴くかわりに、今度は長い尾をひとふりして応《こた》えた。

「キツネちゃんはあんまり鳴かないのな」

「気難し屋なんだ」

桜川の返答に、玲が「なんだと？」と言いたげな目を向ける。桜川の目には、玲が不服気に九尾を広げているように見えるが、柏井の目にはふさふさの一本の尾にしか見えていないようだ。

「そんなことないよなぁ。こっちおいで」

柏井が、おむすびの載った皿ごと玲を自分のほうへ引き寄せる。そうして、玲の頭を撫《な》でた。

無遠慮に触られることを玲は嫌う。柏井が引っかかれやしないかと一瞬ヒヤッとした桜川だったが、意外にも玲はおとなしく撫でさせている。

珍しいこともあるものだ……と思いながら見ていると、玲をただの可愛いペットだと思っている柏井は、自分の膝《ひざ》に抱き上げ、手から餌を与えようとする。さすがに玲が怒るのではないかと思ったが、またも玲はおとなしく柏井の手からおむすびを頬張る。いったいどういう気紛れだろう。

「可愛いなぁ」

柏井がこんなに動物好きとは知らなかった。

「なんか、少し肩の力が抜けた気がするよ」と、息をつく。

「気負っても、事件が解決するわけじゃないからな」

むしろその逆だ。ふと視点を変えた瞬間に、霧が晴れるように事件の筋道が見えることがある。

「まったくだな」

ビールを煽《あお》りつつあんかけ炒飯を平らげて、「チビ助のおかげだ」と玲の喉《のど》を撫でる。

その指に、玲がカプリと噛《か》みついた。

「痛《い》って！」

油断したタイミングのことで止める間もなく、慌てた桜川は口にしていたおむすびに噎《む》せる。

「ちょ……玲⁉　すまん――」

「チビ助呼ばわりが気に食わなかったのか？　悪かったって。怒るなよ」

慌てる桜川を他所に、柏井は噛まれるのも爪を立てられるのもかまわず、ひょいっと玲を抱き上げた。

仔狐玲の温《ぬく》もりに癒《いや》される柏井の気持ちはよくわかる。普段殺伐とした現場にいることが多いが故に余計、命との触れ合いは心に潤いを与えてくれる。

柏井が食事を終えたころには、玲は柏井の膝の上で丸くなって、すやすやと眠っていた。

琳も桜川の手の中で尻尾《しっぽ》を抱えて丸くなっている。

睡眠時間を確保するために柏井のありがたい申し出を受けたはずだったのに、結局新しい缶ビールを開けながら、明け方まで話し込んでしまった。

今回のひき逃げ事件のことはもちろん、過去に扱った事件のことから警察学校時代の思い出話まで、話題にはことかかなくて、気づけばカーテンの向こうが白みはじめていたのだ。

結局、まるで学生時代のように、居間で座布団を枕代わりに雑魚寝《ざこね》で朝を迎えてしまった。桜川の腹には琳が、柏井の胸には玲が、それぞれ丸くなって、暖房の代わりを果たしてくれた。

事件はその朝起きた。

寝ている琳を座布団にそっと下ろして、身支度を整えていたら、慌てた様子で柏井が洗面所に飛び込んできたのだ。

青い顔の柏井に腕を引っ張られて居間に戻ると、座布団の上で丸くなった琳が、苦しそうに喘《あえ》ぎながら震えていた。

「琳⁉」

「うにゃ……」

つらそうに鳴く。

「具合悪そうじゃないか？」

焦った声で尋ねてくる柏井に頷いて、「どうした？　どこがつらい？」と小さな軀《からだ》をそっと抱き上げ尋ねる。琳は答えない。こんなことははじめてだ。

「病院！　連れて行こう！　な!?」

「あ、ああ……」

病院といっても、この姿では人間の病院に連れていくわけにいかないし、かといって動物病院に連れて行くわけにも……。

「動物病院、近くにあったはず……」

柏井がスマホで検索をはじめる。

——動物病院……？

「……」

腕のなかの琳に視線を落とす。柏井の意識がスマホに向いたのを見ていたのだろう、琳が片目を開けた。そして、ニンマリ。

「おまえ……」

——仮病!?

桜川は目を瞠《みは》ったが、かろうじて叫ぶのは思いとどまった。桜川の肩に跳び移ってきた玲が、「これで堂々と動物病院に行ける」と小声で呟《つぶや》く。

「……はい、はい。すぐにうかがいます。よろしくお願いします」

青い顔の柏井が通話を切って、「先生、すぐに診てくれるってさ」と報告を寄越《よこ》す。「ありがとう」以外に、返す言葉がない。

「なんて獣医だ？」

試しに訊いてみる。

「ここらに動物病院は一軒しかないんだ」と前置きして教えられたのは、昨夜桜川が見つけたのと同じ動物病院の名前だった。

――すまん、柏井……。

琳の急病を信じきって、本気で心配してくれている同期に申し訳ない気持ちに駆られつつも、違うとも言えない。説明がつかないからだ。

どうりで無駄に玲の愛想がよかったわけだ。二匹は昨夜のうちからこうするつもりで、柏井を取りこもうとしていたのだ。

動物病院まで、一緒についてこさせるために……。

ひとのやさしさにつけ込むようなことをして……あとでたんまりとお仕置きだ。向こう一週間、精進料理にしてやる。肉のリクエストには応えてやらない。二匹は人間でもあるのだから、バランスよく食べるにこしたことはないはずだ。

「俺が運転する。おまえはその仔たち抱いててやれ」

捜査車両にのせられ、赤色灯をともしそうな勢いの柏井を「大丈夫だから」と助手席からかろうじて諌《いさ》める。

「昨夜《ゆうべ》食ったものが悪かったんだよな、きっと。鮭フレーク傷んでたか？　それとも海苔の佃煮か？　ごめんなぁ、チビちゃん」

柏井の青ざめた横顔に、桜川の胸がチクチクと痛む。

「いや、それなら俺も食べてるし……」

——柏井、おまえ、本当にいいやつだな……。

本当にすまん……と、胸中で目の幅涙を流しつつ、桜川は二匹を抱いてシートベルトを締めた。

琳は病人……いや病猫のふりで丸くなっているが、玲は肢《あし》を投げ出して抱っこの姿勢だ。悪びれる気配はまるでない。

冷や冷やしているのは自分だけだ。桜川は、動物病院で事件解決の糸口が見つかることを祈った。犯人逮捕に繋《つな》がれば、詫《わ》びの代わりになる。

捜査車両だからといって、赤色灯をともしていない場合には、道交法違反で停められることはありえる。

そんなことはわかりきっているはずなのに、柏井はドライビングテクニックを見せつけるかのように、猛スピードで幹線道路を突っ走る。「そんなに急がなくていいから」「事故ったら元も子もないぞ」と、何度諫めたことか。

距離から換算される走行時間のおよそ半分ほどで、車は動物病院の駐車場に滑り込んでいた。

柏井の運転技術が優れているのは警察学校時代の記憶からも明らかだが、それでも生きた心地がしなかった。

桜川がこんなに気を揉《も》んでいるというのに、とうの琳は丸くなって片目を開け、愉快そうに状況を観察しているし、玲はというとまったく淡々としている。

琳をタオルに包んで抱き上げ、先に病院に駆け込んでいく柏井のあとを追う。玲はポケットにおさまった。隙を見て、動物病院の奥にあるだろう、入院スペースのケージを探るためだ。

「ちゃんと病気のふりしてくれよ」

「まかせとけ」

返す声が妙に楽しそうだ。琳はこの状況をおもしろがっている。密《ひそ》かに嘆息しつつ、桜川は可愛いペットを心配する飼い主の顔を繕った。

「朝早くにすみません」

柏井が、応対に出てきた獣医と思《おぼ》しき中年の男性に頭を下げる。

「先ほど電話した者ですが……」

「仔猫《こねこ》が急病とのことでしたね」

ベテランらしい獣医は、落ち着いた口調で返した。ここらのペットの健康を一手に担っているのだとしたら、かなりの腕だろう。

「こいつなんですが……」

診察台に病気のふりをした琳を乗せる。

「朝起きたら苦しんでたんです。大丈夫でしょうか？」

飼い主——桜川は二匹の飼い主ではないが——以上に青い顔で柏井が身を乗り出す。その肩を押さえたのは桜川だった。

隙を見て、玲が桜川のポケットを抜け出す。小さな軀の気配を消して、奥の入院スペースへ。診察時間前の朝早い時間のため、動物看護師や他のスタッフの姿がないのは幸いだった。

「昨夜、何を食べさせました？」

「えぇっと……」

柏井は動物を飼った経験がないようで何も言わなかったが、桜川が二匹にさせている食事は動物にとって良いものではない。馬鹿正直に話せば獣医に呆《あき》れられるのは目に見えている。

すると、診察台に蹲《うずくま》っていた琳がむっくりと起き上がって、ふわっと光に包まれる。瞳《ひとみ》が緋色《ひいろ》に輝いて、同時に獣医の目が焦点を失っていく。それは柏井も同様だった。

しばしの沈黙、ややあって獣医が「食べ過ぎですな」と診断を下す。柏井は、ほーっと深い息をついてガックリと診察台の脇にしゃがみ込んだ。

「よかったー」

「……すまんな、心配かけて」

頰を汗が伝うのを感じながら、桜川は琳を抱き上げ、詫びる。

「まぁ、ほっといても元気になるでしょうが、薬を出しますから、飲ませてあげてください」

獣医は早々にカルテに向かいはじめた。最近では診察料の計算まで連動した電子カルテを導入している病院が多いはずだが、昔ながらの手書きのカルテだ。その内容も、琳が暗示をかけた架空のものだ。

「重篤な病気じゃなくてよかったよ」

「うにゃん」

桜川の腕に抱かれた琳の頭を指先で撫《な》でて、柏井が安堵《あんど》の声で言う。

「このへんじゃ、先生んとこしか動物病院がないし、焦りました」

「うちをご存じですか？」

田舎は住人の出入りが少ないから、初診の客が珍しいのかもしれない。柏井は「去年、近所に越してきまして」と応じる。

「お若い方が、こんな田舎へ？」

仕事の関係ですか？　と不思議そうに言う獣医に、柏井は「実は……」と胸ポケットから取り出したものを提示した。昔は警察手帳と呼ばれていた身分証だ。

「ああ、それで」

転勤ですか、と獣医が警察官を警戒する様子はない。このあたりでは警察と住人の良好な関係が築かれているようだ。都心ではこうはいかない。

「こちらの病院にみなさん罹《かか》られるんじゃ、大変でしょうねぇ」

桜川が話題を引き継ぐ。いい方向へ話を持っていけそうな気がしたからだ。

「こいつは本庁の刑事なんです。同期なんですけどね、俺と違って出世頭なんですよ」

「ほぉ、そりゃあ頼もしい」

まったく裏表ない口調で獣医が笑う。桜川は「おだてるな」と柏井の脇を肘《ひじ》で小突いた。安心して気がゆるんだのか、柏井の表情もやわらかい。

「まぁねぇ、犬や猫だけじゃなく、家畜を診ることもありますし。都会の大病院と違って、設備も限られてますしね。でも、できる限りのことはしようと思ってますよ」

ベテラン獣医は、気負いのない、けれど頼もしい口調で言った。そして、桜川の期待にも応《こた》えてくれる。

「このまえも、酷《ひど》い状態の仔犬が運ばれてきましてねぇ」

「仔犬？」

あの民家に保護されていた仔犬の兄弟のことに違いない。

「交通事故ですか？」

尋ねたのは柏井。

「いや、大雨のなか捨てられたらしくてねぇ。雑木林に投げ捨てられていたんですよ。ひどいでしょう？」

桜川は意図的に単語を拾った。

「雑木林？」

ひき逃げ事故現場となった山道は、雑木林を拓《ひら》いてつくられている。

「五匹兄弟だったんですけど、三匹はダメでね。うちに運ばれた仔は、箱ごと投げ捨てられたときに木に叩《たた》きつけられたのか、後ろ右脚が壊《え》死《し》しかけていて……残りの一匹がどうにかこうにか自力で道路まで這《は》い出してきてなかったら、発見すらされてなかったでしょうねぇ」

どうせなら、病院の玄関先に置いて行ってくれればいいものを……と獣医が嘆く。それもちろん褒められた行為ではないが、殺すも同然の捨て方をするくらいならせめて……と獣医は言うのだ。

「ひどいな……」

柏井が唸《うな》る。

「その、自力で這い出してきた仔もここに？」

桜川は、答えがわかっていてあえて訊《き》いた。

「いや、その一匹だけは幸いかすり傷だけで体力もあるようだったので、保護した方に引き取られました。でも今入院中の仔はどうなるか……」

玲の話を聞く限り、保護された仔犬は元気な様子だった。きっとあの家で可愛がってもらえるだろう。

「不法投棄の多い場所らしくてね、仔犬をゴミと同じに扱うなんて――」

「不法投棄？」

真っ先に反応したのは柏井だった。刑事としての嗅覚《きゅうかく》とカンは、さすがのひと言に尽きる。

「先生、仔犬が保護された場所、わかりますか？」

桜川が話題を引き継いで、話の向く先をさらに定めていく。

ひき逃げ事故と捨て犬の件が結びつくとは限らないが、ひき逃げ犯に辿《たど》り着くためのヒントになる可能性がわずかでもあるのなら、今は縋《すが》りたい。

「国道の……ほら曲がりくねった道があるでしょう？　不法投棄禁止の看板の立ってる、あの近くで見つけたそうですよ。前の晩が土砂降りの雨でね、びしょ濡《ぬ》れで凍えて震えていたんですよ」

土砂降りの雨、が決定打だった。ひき逃げ事故のあった夜に間違いない。

「……っ!?」

息を呑《の》んだ柏井が、獣医に日時の確認をとる。たしかに事件のあった夜に、仔犬たちは捨てられたと思われた。

「仔犬が入れられていた段ボール箱、捨ててしまわれましたか？」

仔犬が入れられていた段ボール箱が、捨てようと運んできた人間が持ち込んだものだとしたら、もしかしたら何かの手がかりになるかもしれない。仔犬を捨てた人間に辿り着ければ、あの夜の状況の聴取も可能だ。なにも見ていない可能性が高いが、万に一つでも何かを見ていないとも限らない。

「段ボール箱？　えっと……資源ゴミに出し忘れてて、まだ病院の裏に他の紙ゴミと一緒にまとめてあると思いますが……」

獣医が怪訝《けげん》そうな顔で答える。

「どこですか⁉」

身を乗り出した刑事ふたりの声が、ユニゾンで響いた。

3

食卓に並んだ料理を見て、人型の琳と玲が無言になっている。

それも当然だろう。リクエストとはまるで違う、精進料理が並んでいるのだから。

「……」

「……」

「さあ、栄養満点の野菜料理だぞ、たくさん食べろ」

ニッコリと微笑む。琳が恨めしそうな顔を上げた。

「桜ちゃん……」

「……」

玲は眉間《みけん》に皺《しわ》を刻んで無言。同じく恨めし気に料理の皿を睨《にら》んでいる。

ぽんっ！　と弾《はじ》ける音とともに、琳が仔猫《こねこ》に変化する。そして「桜ちゃん！」と胸元に跳びついてきた。

「お肉！　お肉がいい！」

うるる…っと緋眼《ひがん》を潤ませて、間近に桜川を見上げてくる。

多少はお灸《きゅう》が効いたかな……と胸中で頷《うなず》きつつも、無視するふりをして、桜川は琳をテーブルに戻した。茶碗《わん》には山盛りの玄米ご飯。今日は白飯ですらない。

琳の二股尾《また》がペタリとテーブルに落ち、いつもはピンと立っている耳がしゅうんと垂れる。玲の九尾も垂れている。

そんなふたりを放置して、桜川はキッチンに足を向ける。そうして事前に準備しておいたものを持ち出した。

「ほーら、お待たせ。特製ローストビーフだぞ！」

琳の耳がピンッ！　と立った。玲が金眼をぱちくりさせる。

「桜ちゃん⁉」

琳が腕を伝って桜川の肩に乗ってくる。

「なんで意地悪するんだ⁉」

小さな頭を耳にぐりぐりと擦《こす》りつけてくる。「くすぐったいぞ」とそれを払って、ちゃんと席に着くように促した。

「柏井をだましたバツだよ。あんなに心配させて、心が痛まなかったのか？」

「いーだろ！　おかげで事件解決しそうなんだし」

ぽんっ！　と弾ける音とともに人型に戻って、琳がダイニングテーブルにつく。その向かいで玲も。

「誰のおかげでひき逃げ犯の手がかりが掴《つか》めたと思ってるんだよっ」

琳が猫目を吊《つ》り上げる。

「おまえの手柄じゃない」

向かいから玲が冷やかに言った。いろいろ調べたのは自分だと言いたいのだ。

「俺だって協力したぞ！」

琳が噛《か》みつく。人型でも、小さな牙《きば》が見えるかのようだ。

「病気のふりしてただけだろ」

玲が「ふんっ」と笑い飛ばした。

「獣医とあの刑事に暗示かけたのは俺だ！」

「仔犬の記憶を探ったのは俺だぞ！」

ローストビーフを切り分けようとミートフォークとナイフを構える桜川のまえで、兄弟がいつもの低レベルの喧嘩《けんか》をはじめる。

「ローストビーフは俺ひとりのものだ！」

「図々《ずうずう》しいぞ、化け猫風情が！」

多少はしおらしくなったかと思ったのに……！

ぽんっ！　と弾ける音。獣の唸り声とともに、室内に吹き荒れる突風。家財道具が吹き飛び、皿が割れる。

「だーかーらー」

ひとまずミートフォークとナイフを置いて、突風に意識を集中させる。抜群の動体視力を発揮して、取っ組み合いの喧嘩をする仔猫と仔狐を捉《とら》えた。

「いいかげんにしなさい！」

突風のなかに両手を伸ばして、むんずと掴む。

「うみゃっ」

「……っ」

仔猫と仔狐がぷらんっと釣れた。

「放せ、桜！」

「今日こそ決着をつけてやる！」

首根っこを掴まれて四肢に力が入らない状態で、二匹が唸り合う。桜川のこめかみにピクリと青筋が立った。

「そうか。ローストビーフいらないのか。だったら柏井に差し入れすることにしよう」

うんそうしよう、と二匹をぽいっぽいっと両肩にのせて、大皿を片付けはじめる。

左右でチビ妖怪《ようかい》が、「え？」と固まった。

「桜ちゃん、待って！」

「桜、待て！」

両側から高い声が届く。

仔猫が小さな爪を立ててひしっとしがみついてくる。仔狐は頭の上によじ登って、桜川の視界を塞《ふさ》ぐかのように九尾を広げた。

「痛《い》たったたっ、琳！　爪食い込んでる！　玲！　前が見えない！」

わかったから！　と、結局は桜川が降参する羽目に陥った。なんだかんだいって最初から勝負は見えているのだ。

「まったくもう。ちゃんと分けっこして食べるんだぞ」

桜川の忠告に、人型に変化してダイニングテーブルにつき、ナイフとフォークを取り上げた琳が「はぁい」と応《こた》える。玲は向かいの席で箸《はし》を手にコクリと頷いた。

ふたりにローストビーフをサーブして、ようやく食卓に平穏が訪れる。桜川もやっとまともな食事にありつくことができた。

大きく切り分けたローストビーフの一枚を、琳と玲がひと口で平らげていく。大きな肉の塊も、二匹にかかったらいくらももたない。

食事の途中で、桜川の携帯電話が鳴った。私物のスマホではなく、官給品のほうだ。ディスプレイには柏井の名。

『桜！　挙げたぞ！』

犯人逮捕の一報だった。

『あの段ボール箱の指紋の持ち主がひき逃《に》げ犯だった。意図的に轢《ひ》いたことも認めたよ。仔犬を捨てようとしたのを咎《とが》められて衝動的にやったらしい』

柏井の報告内容は、動物病院に入院中の仔犬の記憶を探った玲が、見た光景に合致していた。

「そうか……やりきれない事件だな。でも逮捕できてひとまずよかったよ」

あの少女の父親は、殺されたことになる。迷宮入りしなかったのは幸いだが、犯人が逮捕されたところで、失われた命は還《かえ》らない。

『ニャンコのおかげだ。動物病院に行ってなかったら、事件の手がかりは得られなかったんだから』

あのとき琳が急病にならなければ、動物病院に行くこともなく、そこで仔犬が捨てられた話を聞くことも、仔犬が捨てられた段ボール箱を発見することもなかった。

琳の仮病には桜川も焦ったが、事件解決でチャラだろう。桜川は「すごい偶然があったもんだな」と無関係を貫く。

『ニャンコは？　その後どうだ？』

また調子を悪くしたりしていないか？　と心配してくれる。なんとも申し訳ない。

「元気元気。今も餌を頬張ってるよ」

桜川の目のまえで、肉の塊はもはやほとんど二匹の胃袋に消えようとしている。奮発して買った塊肉だったのに。

『今度、猫缶差し入れするよ』と言われて、食べないとも言えず「気にしなくていいよ」とだけ返した。

『すまん。取り調べがあるから、また連絡する』

電話の向こうから声がしたから、同僚捜査員に呼ばれでもしたのだろう。犯人逮捕で刑事の仕事は終わりではない。取り調べをして調書をつくり、犯人の身柄を検察に送るまでが仕事だ。

「ああ、琳と玲つれて、お母さんのお見舞いに行かせてもらうよ」

この前別れ際に、そんな話をしたのだ。仔猫琳と仔狐玲の愛らしさに癒《いや》された柏井から、入院中の母を見舞ってくれないかと頼まれた。もちろん桜川は二つ返事で応じた。

『サンキュ、じゃあな』

慌ただしく、通話が切られる。

「事件解決か？」

ローストビーフを平らげた玲が、桜川がおしおきのためにつくった精進料理を口に運びながら問う。

「あいつが犯人捕まえたのか？」

琳もナイフとフォークを箸に持ち替え、茶碗《ちゃわん》を手にする。

その声が妙に不服気で、料理が気に食わないのだと思った桜川は「無理して食べなくていいぞ」と苦笑した。――が、琳の不機嫌の理由はそこではなかった。

「桜ちゃんの手柄なのに！」

同期に横取りされてどうする！　と猫目を吊り上げる。男子高校生の姿でそういう表情をされると、造作が美しいだけに本当に怖い。

「また出世が遠のいたな」

玲は玲で相変わらず冷やかだ。

「そもそも担当事件じゃないんだから、解決してたって俺の手柄にはならないよ」

あのあと、動物病院で見つけた段ボール箱を柏井が鑑識に持ち込んだ。

採取された指紋を念のために前科者リストと照合する作業と同時進行で、段ボール箱に印刷されていた社名からも手がかりを探っていたのだが、思いがけず前科者リストにヒットがあった。

以前に傷害罪で書類送検されたことのあるチンピラ崩れのバーテンダーだった。その男に話を聞きに行く直前に、柏井から状況報告を受けていた。この時点では、ひき逃げ事件について何か目撃していないか話を聞きに行くつもりしかなかっただろう。非協力的だった場合に限って、動物愛護法あたりを持ち出して、捜査に協力させようという心づもりしか、柏井にもなかったはずだ。

だがたぶん、男は警察の訪問を受けてパニックに陥って逃亡でも図ったに違いない。あるいは、諦《あきら》めてその場で白状したのか。いずれにせよ、柏井にとっても意外な急展開だったことだろう。

そのあたりの詳細は、また今度聞かせてもらえばいい。

「これであの子が救われるとは思えないけど、でも迷宮入りするよりは多少はマシだ」

雨に濡《ぬ》れ、父親を呼びながら泣いていた小さな女の子。

あの子が家族を失った事実に変わりはない。事件の詳細を聞かされたときに、果たしてどう思うのか、あの子の精神は耐えられるのか、桜川にはわからない。

「そうだ！　娘！」

琳が余計なことを思い出してくれる。少女のことを口にした自分が悪いのだが……。

「桜の番《つが》い相手か……」

玲が呟《つぶや》く。

だから、そうではないと言っているのに。琳は「まだ見てない！」と騒ぐし、玲は「もったいつけるつもりか」と頓珍漢《とんちんかん》なことを言いだすし。

「あのなぁ……」

もう放っておくことにしようと思っていたのだけれど、数日後、二匹は予定外に真実を知らされることとなった。


呼び出されたのは、ある病院近くの公園だった。

柏井の指定は、「ニャンコとキツネちゃん、連れてきてくれないか」というもので、翌朝のおむすびを餌に、桜川は二匹を連れ出した。

緑地公園の上空には青い空。心地好《よ》いそよ風が吹く、絶好の散歩日和だ。

「悪いな、呼び出して」

柏井の表情は、事件が解決して晴れ晴れ……というのでもなかった。まだ憂いを晴らしきれていない顔だ。

「いや……こいつらご指名って、なんだ？」

両肩に乗る琳と玲をあやしながら訊《き》く。

柏井は、「久しぶりだな。俺のこと覚えてるか？」と、二匹を撫《な》でた。「おまえのおかげで事件が解決したんだ。サンキューな」と琳の喉《のど》を擽《くすぐ》る。反対側で玲がおもしろくなさそうに九尾で桜川の肩を叩《たた》いた。俺に当たられても……と桜川は苦笑する。

「この可愛い仔ちゃんたちに、頼みがあってさ」

桜川の両肩に乗る琳と玲を指して言う。

そして、公園の奥、遊歩道脇に設置されたベンチを示した。

「あの子……」

女性警察官に付き添われて、華奢《きゃしゃ》な女の子が俯《うつむ》いていた。ひき逃げ事件で父親を亡くした、あの少女だ。

「あのあと実は肺炎を起こして入院してたんだ」

「……！　本当か⁉」

どうして教えてくれなかったのかと問う。柏井は「やっぱりな」と肩を竦《すく》めた。

「ほら、おまえそういう顔するだろ」

だから言わなかったのだと言われて、同期の気遣いに感謝していいのか、余計な気遣いだと憤ればいいのか。

「もう大丈夫なのか？」

「ああ、昨日退院した……んだけどな」

言葉を濁す。そのあたりに、呼び出された理由があるらしい。

「また喋《しゃべ》らなくなっちまってさ」

入院中は、医者や看護師と言葉を交わしていたらしいのだが、退院に際して柏井が父親の事件の詳細を話したのだという。そのときから、口を利かなくなってしまったというのだ。

「ショックだったんだと思う。事故でも充分に理不尽なのに、殺されたんだからな」

裁判で、加害者の殺意がどう判断されるかはわからない。だが、事件捜査を担当した柏井の認識は殺人事件なのだ。

「これからどうなるか、決まったのか？」

「施設に引き取られることになる」

「そうか……」

柏井のどうにも晴れない表情の理由が知れた。

「動物が好きだって、学校の担任から聞いたんだ」

だから琳と玲を連れてきてほしいと頼んだのだと言う。少女の心を解きほぐす方法はないかと、柏井なりに考えたのだろう。

柏井に断って、少女に近づく。入れ替わりに、女性警察官が少女の傍を離れた。柏井がそう指示したのだ。

「こんにちは、由茉ちゃん」

覚えてるかな？　と、少女のまえに膝《ひざ》をつく。

じっと膝を睨《にら》むように虚《うつ》ろな視線を落としていた少女は、桜川の声に反応したかのように、のろのろと顔を上げた。

「まえに会ったよね。桜川祥矩といいます」

少女が大きな瞳《ひとみ》をゆっくりと瞬いた。

「退院おめでとう。ごめんね、お見舞いにいけなくて」

一度上げられた瞼《まぶた》が伏せられる。退院などしたくなかったと言っているように思えた。

病院を出たら施設に行くしかないことを、少女はわかっているのだ。

何を言ったところで、傷ついた少女の心がやすらぐことはないだろう。桜川は両肩に乗る琳と玲を下ろして腕に抱く。少女の視界に映るように、二匹を撫でた。

少女の瞳が、ひとつ瞬く。

「一緒に遊ばない？」

少女に言葉を向けつつ、琳と玲に提案した。

なんで自分たちがこんな面倒くさいこと！　と文句を言い出しても不思議はない。そのときは餌で釣るしかないと思っていたのだが、思いがけず二匹がずいっと身を乗り出す。

そして、少女の顔を覗《のぞ》き込んだ。

少女が、またひとつ瞬く。

琳が、小首を傾げた。

玲が、口許《くちもと》を引き攣《つ》らせ、唸《うな》る。

「……？　琳？　玲？」

どうした？　と、今度は桜川が首を傾げる番だ。少女の背後に何か見えるなんて言い出さないだろうな……と若干身構えていたら、二匹はこれまた予想外の反応を見せる。

「子どもだな」

「子どもだ」

二匹顔を見合わせて頷《うなず》く。

「……？　なんだ？」

桜川の背後で、柏井が上体を屈《かが》めて二匹をうかがう。当然、柏井には二匹の声は獣の鳴き声にしか聞こえていない。もちろん少女にも、だ。

「桜ちゃん、ロリコンだったのか？」

「……は？」

「犯罪だな」

「……はぁぁっ!?」

腕のなかから、二匹が胡乱《うろん》げな眼差《まなざ》しで桜川を見上げた。

「何を言い出すんだ！」

思わず叫んでいた。

「さ、桜？」

どうした？　と柏井が怪訝《けげん》そうに問う。当然だ。友人がペット相手に本気で会話していたら、そんなに疲れていたのかと、心配もするというものだ。

二匹は桜川の腕を飛び出して、肩の上をぐるぐるとまわりはじめる。

「お、おいっこらっ」

止めようにも、さすがに背中に逃げられると手が届かない。

「やーい！　ロリコン！」

「ヘンタイ！」

二匹は好き勝手に桜川を揶揄《からか》って、肩の上で飛び跳ねてくれる。柏井は「大丈夫か？」とおろおろするばかりだ。

「こらっ、おとなしくしろっ！」

肩から飛び跳ねたタイミングで、桜川が二匹の首根っこを掴《つか》む。ぷらんっと四肢を投げ出して尻尾《しっぽ》を丸めながらも、桜川に向けられる目には濃い揶揄《やゆ》が滲《にじ》んでいた。

「あのな――」

いいかげんにしなさい！　と叱ろうとしたときだった。

「あははっ」

高い笑い声が上がって、桜川は言葉を切った。柏井が驚いた顔を向けている。二匹も、思わずといった様子で声のほうに顔を向けた。

「由茉ちゃん……？」

少女が、コロコロと笑っていた。

「おもしろーい！　猫ちゃんと狐さん、楽しそう！」

お兄さんが大好きなのね、と二匹に手を伸ばしてくる。桜川が促すと、二匹はぴょんぴょん！　と少女の手に跳び移った。

「わ……っ！　可愛い！」

玲は少女の腕に抱かれ、琳は肩に乗って少女のツインテールにじゃれる。

「くすぐったいよ、猫ちゃん」

「うにゃんっ」

これはあとから追加の要求がくるな……と覚悟して、桜川は二匹の気紛《きまぐ》れに感謝した。

「お兄さん、猫ちゃんと狐さんと、遊んでいい？」

「もちろん」

少女が、芝生に駆け出て行く。そのあとを二匹が追う。完璧《かんぺき》に仔猫《こねこ》と仔狐のふりをした琳と玲は、ひとしきり少女の相手を務めてくれた。

「助かったよ」

笑顔の戻った少女の姿に目を細めて、柏井が言う。

「俺は何もしてないよ」

少女に笑顔を取り戻したのは琳と玲だ。まさか自分にロリコン疑惑をかけて遊んでいただけとは言えないが、理由はなんであれ少女が元気になったのなら、よしとするよりほかない。

多分この先しばらく、ロリコン問題で遊ばれるような気がするけれど……。念のためにいっておくが、桜川にはそういう特殊な趣味はない。

「施設に引き取られても、笑顔を忘れないでほしいんだ」

「あの子ならだいじょうぶさ、きっと」

これ以上、何をしてやれるわけもない。自分たちにはただ、祈ることしかできない。

この日の夕方、二匹と飽きることなく遊んでいた少女を、児童養護施設の職員が迎えに来た。

別れ際、少女は柏井に「おねがいがあるんです」と告げた。父の死について真摯《しんし》に話した柏井のことは、ちゃんと認識しているようだった。

「ワンちゃん、飼いたいの」

父の死のきっかけとなった、捨て犬のことだとすぐにわかった。

「入院しているワンちゃん、飼いたいの」

父が救った命だと感じているのかもしれない。

「それは……」

桜川はもちろん柏井にも、なんと言ってあげることもできなかった。施設で動物は飼えない。

かろうじて柏井が、「今度、ワンちゃんのお見舞いに行こう」と、言葉を返した。それだけで、「無理だ」と言われたことを少女は理解したようだった。「約束ね」と、柏井に微笑み返す。その笑顔がせつなかった。

「刑事さん、お兄さん、ありがとう」

施設の職員に手を引かれ、少女は手を振ってくれた。

「猫ちゃん、狐さん、また遊ぼうね！」

琳と玲にも、名残惜しそうに手を振る。

「うにゃん」

琳がひと鳴きしてそれに応《こた》える。玲はふさふさの尻尾を振った。少女の目には、一本にしか見えない尾だ。

少女を乗せたタクシーが走り去るのを、ふたりと二匹で見送った。

車のエンジン音がすっかり消えてようやく、柏井がひとつ息をつく。桜川が「おつかれ」と肩を叩《たた》いた。

「礼にどこかで一杯……って言いたいところだけど、チビちゃんたちがいたら店には入れないな」

疲れた顔を見せることなく、柏井が言う。

「気にするなよ、そんなの」

少女のことは桜川も気になっていたから、呼んでもらってよかった。若干、無用な誤解も生んだようだが……。

「じゃあ、うちで鍋《なべ》ってのはどうだ？　だったらチビちゃんたちも大丈夫だろ？」

この前のように柏井宅で食事をしようと言う。桜川は、腰に手を当てて、同期を見やった。

「で？　その鍋は誰がつくるんだ？」

「おまえ」

のうのうと返されて、笑いしか出ない。

「材料費も酒代も全部俺が持つからさ」

「高い肉、買わせてやる」

「……おてやわらかにたのむぜ」

眉尻《まゆじり》を下げる柏井には申し訳ないことに、桜川の腕のなかで「肉」と聞いた琳と玲が目を輝かせる。

他所様《よそ》のお宅でお行儀の悪いことはするなよ、と額をつついて諌《いさ》める。

「ロリコンはお行儀悪くないのか」

「ヘンタイが何を言っても説得力ゼロだな」

可愛い顔で可愛くないことを言ってくれる。本当に小憎らしい。そっちがその気ならこちらにも考えがある。

「そうか、スイーツ食べ放題はなしだな」

桜川の言葉に、二匹がぎょっと目を瞠《みは》る。そして腕を飛び出した。

「桜ちゃんの意地悪！」

「約束をやぶるのか！」

肩の上を二匹がぴょんぴょんと飛び跳ねる。

「うわっ、痛…た、たっ」

仔猫琳と仔狐玲とじゃれる桜川を、一歩離れた場所から柏井が啞然《あぜん》とした顔で見やる。

「……桜？　おまえ本当に大丈夫か？」

スイーツ？　おまえとデートの約束をした覚えはないぞ、と微妙な表情で言われて、桜川は嘆息した。

「俺にもない」と返すかわりに、「松阪牛な」とダメ押しする。

「……はぁっ⁉」

柏井が頓狂《とんきょう》な声を上げる。

「肉！　肉！」と、桜川の肩で飛び跳ねる二匹の声が、柏井に聞こえていないのは幸いなのか不幸なのか。

ひとまず桜川としては、妖怪《ようかい》兄弟との特別な時間は、ひとり占めしたいのが本当のところだ。

エピローグ

桜川《さくらがわ》が琳《りん》と玲《れい》のリクエストのスイーツ食べ放題にようやく応じられる週半ば。

というのも、あのあとすぐに新たな事件に臨場することになって帳場に詰めていたために、なかなか出かけられなかったのだ。

さらには、捜査本部の立っていた所轄署の女性警察官からスイーツ食べ放題の割引券をもらって、このタイミングしかないと琳と玲を呼び出した。

「割引券が余ってて……」と差し出してきた女性警察官に、「ありがとう！　ちょうど約束があったんだ」と平然と言い放ち、チケットだけ受け取った桜川に対して、同班の先輩刑事たちが「ニブチンめ」「とんだ朴念仁《ぼくねんじん》だ」と、いちように頭を抱えたが、桜川にはなんのことだかさっぱりだった。頭の中は、二匹の喜ぶ顔しかない。

割引券の使える店舗が限られているために、車で出かけようと、月神《つきがみ》家に迎えにきた。どうせ桜川が運転することになる。

「あったかい恰好《かっこう》しろよ」

帰りは夜になるからな、と言い聞かせる。琳は「はぁい」と返事を寄越《よこ》すが、玲は無反応だ。どうせまた「妖怪はカゼなどひかない」とブツブツ言っているのだろう。

「季節メニュー、なにがあるかな」

着替えを済ませて部屋から出てきた琳が、スマホを取り出して店のホームページを検索しはじめる。

「だいたい定番が美味《うま》いと相場が決まっている」

玲はすたすたと玄関へ向かってしまう。

すると、玄関チャイムが鳴った。この家では珍しいことだ。

途端、嫌な予感に捉《とら》われたのか、玲が足を止める。琳は、玲の背後に隠れた。

「こんにちはー！」

姿の見えない妖怪たちによって守られているこの家のセキュリティをものともせず、敷地に入り込める人間は限られている。

「玲ちゃーん、琳ちゃーん、いるんでしょう？　上がらせてもらうわよぉ」

濁声《だみごえ》が、シナをつくって玄関扉の向こうから届く。

予感的中。桜川も頬を引き攣《つ》らせた。そのうち来るだろうな……と思ってはいたのだが、このタイミングでやってこなくても……。

「桜《さくら》ちゃん、責任とれよ！」

桜川のせいで、呼びもしないやつが来たではないかと琳が責める。

「桜があんなやつを頼らなければ、こんなことにはなってないんだ」

玲の指摘は理路整然としていて本当に可愛くない。

「しょうがないだろ、ほかにアテがなかったんだから！」

琳と玲が桜川の背中をぐいぐい押す。

「お邪魔させてもらうわよー」

この家に張られている結界をものともせず、玄関の引き戸を開けたのは、厳《いか》つい顔の大柄な男だった。

派手な恰好は、およそ一般人ではないとそれだけでわかる。

「あら刑事さん、やっぱりいらっしゃったのね」

ゴリラ顔の大男のオネェ言葉というだけでも充分にシュールだが、業界では知られた人気トリマーで実業家の肩書きがつくとなると、さらにシュールだ。

権藤《ごんどう》とは、以前に事件をとおして知り合った。どういうわけかひと目で二匹の正体を見破り、あろうことか心酔している。過去に二匹を封じたことのある、力ある修験者の生まれ変わりらしい。——が、権藤自身には、その記憶もなければ、自分の持つ力の自覚もまったくない。

「由茉《ゆま》ちゃん、新しいご両親とうまくいってるようでよかったわねぇ」

「本当に。何もかも権藤さんのおかげですよ」

「そんなぁ。可愛いふたりにおねだりされたら、断れないもの」

でも本当によかったわ～と、くねくね。桜川は頬を引き攣らせるよりほかない。

「俺らは何も言ってないっつーの」

頼んだのは桜川だと、琳が小声で毒づく。玲は無言で頷《うなず》いた。権藤に対する対応においては、兄弟の認識は合致していた。

桜川なら大丈夫だからといって、後ろに隠れて出てこない。どうやら桜川には、権藤の持つ験力《げんりき》に耐性があるようなのだが、桜川自身にはよくわからない。

「ワンちゃんも、もう少し大きくなったら犬用の車椅子で歩けるようになるそうよ」

「聞きました。専門の職人さんに特注でつくっていただけることになったそうで」

「私の見つけてきた獣医の腕がいいのよ」

「さすがの人脈ですね。由茉ちゃんの里親さんの件といい……」

そうなのだ。

あのあと、どうしても少女の別れ際の言葉が耳から離れなかった桜川は、柏井《かしい》とも相談して、障害を持った仔犬と一緒に少女の里親になってくれる人物を探したのだ。――が、アテなどあるはずもなく、動物という点で思い当たったのが権藤だった。

動物看護師殺害事件のあと、院長を失った動物病院に新しい獣医を探してきたりと人脈は広い様子。しかもトリマーだから動物好きな顧客のなかに、思い当たるような人物はいないだろうかと桜川が相談を持ち掛けたのだ。

あとから報告を受けた琳と玲は、なんてことをしてくれたんだ！　と怒り心頭。あいつとの付き合いなどあれっきりにしたかったのに！　と拗《す》ねられて、なだめるのが大変だった。

だが、結果として桜川の判断は正しく、権藤の顧客のなかに子どものない夫妻がいて、以前からいろんな施設を巡って里子を探しているものの、なかなかうまく縁組できないでいるという話を持ってきてくれたのだ。

少女の父親の事件から仔犬のことまで、桜川が説明した。話を聞いた夫妻は、少女の里子と同時に障害をもった仔犬を飼うことに応じてくれたのだ。

父親を亡くしてすぐに里子に来るのがつらいのなら、仔犬は引き取るから、好きな時に遊びに来ればいいとまで言ってくれた。それで少女が気に入ったら、里子に来てくれればいいとまで……。その誠意が通じたのかもしれない。少女は「新しいパパとママになってください」と、夫妻のもとに引き取られていった。

権藤には、店の品を買うことで礼の代わりにしようと桜川は考えていたのだが、礼に行ったら逆に、琳と玲に着せてほしいと洋服を中心にあれもこれもと店の商品を渡され、しかたなく月神家に持ち帰ったら、怒った琳と玲によって、一瞬にして灰にされてしまった。

その後の音沙汰《おとさた》がないために、痺《しび》れを切らしてやってきたのだろう。以前に、琳と玲の妖力《ようりょく》で吹き飛ばされていながら、まったく懲りない男だ。というか、あのパワーで吹き飛ばされて、無事なのが恐ろしい。

「ねぇねぇ、今日もおでかけ？」

「ええ、まあ……スイーツ食べ放題に……」

馬鹿正直に返す桜川に「なんで言うんだ！」と琳の突っ込み。そうは言われても、この押しの強さにどう対抗しろというのか。

「あら！　じゃあ、私がホテルのスイーツバイキングに連れてってあげるわ！　ス〇パラとは味が違うわよ！」

魅惑的な誘いにも、二匹はなびかない。

「桜、早く追い払え」

玲の冷たい一瞥《いちべつ》にもめげない。それどころか、「いけず！」とシナをつくる始末だ。「そうは言われても……」と桜川は口許《くちもと》を引き攣らせた。

「お洋服きてくれた？　フリフリのフリルが艶《つや》々の毛並みに映えると思うのよ。なんだったら、私がトリミングして、綺麗《きれい》に着飾ってあげるわ！」

小型犬用のペット用品に見えたが、二匹に「似合うと思うの！」と渡された洋服は、どれもフリフリのレース付きだった。琳と玲が怒るのも無理はない。

「私のブラッシングは絶品よ〜、毛並み艶々になるんだから！」

「間に合っている」

玲が一刀両断。

「じゃあ、フカヒレ食べにいきましょうよ！　刑事の安月給じゃ、絶対に食べさせてもらえないわよ！　どう？」

この発言のどこにキレたのか、ふたりが唐突に妖力を爆発させる。

「てめぇと違ってまだまだお肌つやぴかだからコラーゲンなんざ不要なんだよ！」

琳の拳《こぶし》から放たれた衝撃波が、玲のぶんのパワーも纏《まと》って、権藤を直撃した。

「お、おい……っ」

眩《まばゆ》い光を直視できず、桜川は反射的に腕で顔を隠す。「やりすぎるな」と止める間もなかった。

「あ——れ——……っ」

権藤の声が、急速に遠のいていった。

「権藤さん⁉」

桜川がその姿を追ったときには、権藤の姿は青い空の彼方《かなた》に消えたあとだった。

「気にするな。死にはしない」

玲が呆《あき》れた顔で吐き捨てる。

「化け物め」

人間のくせに……っ、と毒づくのは琳。

「……すごいんだな、あのひとの験力……」

前世では、どれほど徳の高い修験者だったのか。そのころの権藤に会ってみたいものだと思わされる。

「あんなやつほっといていいよ！　それよりスイーツ！」

琳が男子高校生の姿で腕にじゃれついてくる。

「また腹を壊すなよ」

玲が冷やかに嫌味を言う。柏井の家でのことを言っているのだ。

「あれは仮病だよ！」

「ああ、へたくそな演技だったな」

「なんだと！」

いまにも変化して取っ組み合いをはじめそうな二匹の眼前に、スイーツ食べ放題の割引券を差し出す。

「夕方までの時間制限があるんだから、早くいかないと食べられないぞ」

二匹にとっては、フカヒレよりも価値があるらしいスイーツ食べ放題だ。桜川はフカヒレのほうがよかったが。

甘いだけのスイーツも、琳と玲と一緒なら、多少は美味《うま》く感じるだろう。二匹が美味そうにスイーツを頬張っていれば、それだけで桜川は満足だ。

「行く！　全制覇するんだから！」

騒ぐ琳が車の助手席に乗り込む。玲は後部シートに。

今度もまた店に出入り禁止になるのだろうなぁ……と半ば諦めつつ、桜川は車を発進させた。

あとがき

富士見L文庫でははじめまして、妃川螢《ひめかわほたる》です。拙作をお手にとっていただき、ありがとうございます。

前担当さまからお声をかけていただき、レーベルイメージなどをあれこれお話しいただいた結果生まれたのが、妖狐《ようこ》と猫又の兄弟です。そして新担当さまと編集長は琳《りん》派だそうです。皆さまは兄と弟、どちらがお好みですか？

実は、最初にお話しさせていただいてからちょっと時間が経ってしまっているのですが、ようやくお披露目できることになりました。作家人生、すでに十五年近いのですが、今回はまた新鮮な喜びがあります。

猫も猫又も、私の作品にはちょくちょく登場するキャラなのですが、そこには飼いたいけど飼えない環境下にある猫好きのストレス発散の意味が多分にあったりします。

本気で桜川《さくらがわ》が羨《うらや》ましいです（笑）。悔しいので、睡眠時間を減らして二匹のためにせっせとおさんどんしてればいいと思います（笑）。

イラストを担当していただきましたloundraw先生、今回はお忙しいところありがとうございました。とても素敵な表紙イラストを描いていただき、本作の世界観がぐっと引き締まった印象です。お忙しいとは思いますが、また機会がありましたら、ご一緒させていただけたら嬉《うれ》しいです。

妃川の活動情報に関しては、ブログの案内をご覧ください。

http://himekawa.sblo.jp/

ツイッターアカウントもあるにはあるのですが、システムがまったく理解できないまま、ブログ記事が自動で連動投稿される設定だけして以降放置されております。無反応に見えるかもしれませんが、使い方がわからないだけですので、なにとぞご容赦を。

いただいたメッセージを読むことはできますし、ブログの更新はチェックできると思いますので、それでもよろしければフォローしてやってください。

@HimekawaHotaru

皆さまのお声だけが創作の糧です。ご意見ご感想など、お気軽にお聞かせください。

それではまた、どこかでお会いしましょう。

二〇一六年二月吉日　妃川　螢

富士見L文庫

あやかし兄弟《きょうだい》と桜《さくら》の事件簿《じけんぼ》

妃《ひめ》川《かわ》 螢《ほたる》

平成28年３月20日　初版発行

発行者　三坂泰二

発　行　株式会社KADOKAWA　http://www.kadokawa.co.jp/

〒102-8177　東京都千代田区富士見2-13-3

電話　0570-002-301（カスタマーサポート・ナビダイヤル）

受付時間　9:00～17:00（土日 祝日 年末年始を除く）

03-3238-8641（編集部）

印刷所　旭印刷

製本所　本間製本

装丁者　西村弘美

定価はカバーに表示してあります。

落丁・乱丁本は、送料小社負担にて、お取り替えいたします。KADOKAWA読者係までご連絡ください。（古書店で購入したものについては、お取り替えできません）
電話 049-259-1100（9:00～17:00／土日、祝日、年末年始を除く）
〒354-0041 埼玉県入間郡三芳町藤久保 550-1

ISBN 978-4-04-070855-3 C0193　　Printed in Japan